ヒンシュクの達人

ビートたけし

Beat Takeshi

JN264921

小学館新書

はじめに

「何で、ビートたけしはあんなに言いたい放題・やりたい放題できるんだ」ってよく言われる。

こないだ（2013年9月）のTBSの『オールスター感謝祭』だって大変だったよな。いわゆる「ペニオク詐欺」で問題になったタレントが番組に出てるのに「きょうはペニーオークションが来てる……」ってオイラが突然生放送で言い始めたもんだから、もうスタジオは大騒ぎだよ。

もうオイラはこういった類の事件を起こす常習犯みたいになっていてね。3月に同じ番組に出た時にも、オネエチャンとのスキャンダルで週刊誌に叩かれていた芸人がその場にいるのに、「女孕《はら》ませてカネとられたヤツだ！」って言っちまった前科がある。だから「たけしがまたやらかした！」ってことになったわけだけどね。

その番組の中で出題したクイズでも、顰蹙《ひんしゅく》を買いまくったよ。

たとえば、「M崎県知事のH国原さんが実際に起こした事件はどれでしょう?」って問題。で、その選択肢がまたとんでもない。

1・自転車泥棒

2・師匠のカネを盗んだ

3・のぞき部屋で個室の窓を乗り越え、踊り場で全裸で踊った

4・観光バスを勝手に運転して谷底に落ちた

答えは「全部正解です」ってね。もう大笑いだよな。さすがに東のヤローが血相変えて飛んできて、「私、いま国会議員なんですから!」って焦ってたけどさ。一番弟子だったんだから笑い飛ばせっての。

やっぱりオイラには「正義」とか「正論」みたいなのは向いてない。こうやって、顰蹙モノのバカを言ったりしてるほうが性に合ってるんだよな。

だけど、オイラの顰蹙発言にはそれなりの計算というか、考えもある。

ペニオクの件を本人の前で言っちゃったことを「とんでもない」って言う人もいるけど、本当にそうなのか。「それは言わない約束」ってことで、勝手にタブーにしちゃう

ほうが、かえって本人には辛いんじゃないだろうか。

オイラがやったみたいに、一度「笑い」にして晒し者になったほうが楽なんじゃないか。それが「禊《みそ》ぎ」になるんだよ。そのまま知らんぷりしてたら、そいつらは昔のスキャンダルでずっと悩まなきゃいけなくなる。

そもそも芸人、タレントなんてのは「晒し者」になることでカネをもらってる。だから自分の情けない姿やカッコ悪い姿を客が見たいと思うんなら、時にはあえてそういう自分を晒さなきゃいけないという因果な商売なんだよ。

スキャンダルを起こした人たちを、世間の批判に追い打ちをかけていじめてやろうなんて気はさらさらない。弱ってる相手、弱い立場の相手をかさにかかっていじめるのは、とにかく下品だ。オイラなんてスネに傷ある前科者で、サンザン悪いことをやらかしてきたロクデナシなんだからね。

オイラ自身、これまで世間から顰蹙を買いまくってきた身だ。だからこそ「顰蹙の買い方」について、他の人よりよく考えてきたんじゃないかと思う。同じ悪口や暴言を言うにしたって、言い方やタイミング次第で、それは笑いや救いに変わる。言いたい放題だからって、それは決して何も考えずに思ったことをぶちまけているわけじゃない。まァ、大げさに言えば「武器としての罵詈」とでもいうのかな。いつの間にか、そういったものを身につけられるようになってきたのかもしれない。だけど一方じゃ罵詈の買い方を間違って、世間からとんでもない批判を浴びるヤツだっている。舌禍事件で辞職に追い込まれる政治家なんて、その典型だよな。

この本では、オイラなりにニッポンを取り巻くいろんな問題について考えている。その多くはハタから見りゃ、大罵詈モノの暴言ばかりに違いない。だけど、うわべだけのキレイゴトで取り繕った正論なんかに比べりゃ、よっぽどマシだよ。

みんなが心の中で「本当のことを言えよバカヤロー」って思ってることを、これからガンガン言ってやるからさ。オイラの毒舌が、ただの罵詈モノなのか、そうじゃないのか。それは、読む人たちに判断してもらえばいいってことでね。

それじゃあひとつ、お付き合いをよろしく頼むぜっての！　ジャン、ジャン！

ヒンシュクの達人 ▩ 目次

やるのも親の仕事だ／子供の漫才には一番大事な「味」がない／「30歳を過ぎた息子」に親の責任はあるのか

第5章 「話題の芸能&スポーツ」一刀両断

オセロ中島ほか「芸能界はフェイスブック芸人」ばっかりだ／「ネットで自己アピール」なんてウソに騙されるな／富士山は「世界文化遺産」を喜んじゃいけない／辛坊治郎さんは「辛抱」するしかない／矢口真里は「間男コンサルタント」で復帰せよ／矢口よりよっぽどヤバイ「オイラのコスプレ間男事件」／安藤美姫の「娘の父親」は、ビッグダディじゃないの？／テレビのプロデューサーなんてみんなスケベに決まってる／プロ野球は「飛ぶボール」よりまず「金属バット」に統一を／王さんは記録を更新されて「伝説」になる／ONとBIG3はいい時代を生きた／もし長嶋さんがメジャーに行っていたら／オイラだから知っている「長嶋茂雄伝説」／これからは売れない芸人が「DJポリス」を目指す／三浦雄一郎さんの快挙は、普通のジジイには迷惑千万

第1章

政治家は「顰蹙の買い方」を知らない

「売れなくなったらエロ」の橋下市長は「落ち目のアイドル」と同じ

贔屓の買い方をひとつ間違うと、大変なことになるのが政治の世界だ。政治家ってのはとにかく注目を浴びる仕事だし、マスコミからも、反対勢力からも常に厳しい視線に晒されてる。だから不用意な発言をすると、一気に世間から袋たたきに遭っちまう。

そもそもこのニッポンの社会は、建前ばかりで成り立っているようなところがある。ニュースを見たってそうだろう。「容疑者はわいせつな行為をしたかったと供述しており……」「容疑者はスカートの中をのぞき見したかったと話していて……」なんてよくわからない表現ばっかり。「セックスしたかった」「パンティやアソコを見たかった」なんて直接的な表現は絶対使わない。みんなわかっているのにさ。そんな「建前社会」で不用意に本音を見せてしまうと、それは格好の標的になっちまうってことなんだよな。

だけど一方じゃ、ズバズバと本質を突くような話ができる政治家が「よくぞ言った！」と喝采を浴びて、カリスマともてはやされるのも現実だ。だからこそ、政治家には人一倍のバランス感覚が必要なんだよな。

その点、このバランス感覚を急に失ってしまったのが橋下徹・大阪市長だ。この人は、建前だらけのニッポンって国のことを全く理解していないで、失敗しちまった。

２０１２年は、この人の名前をニュースで見ない日はないってぐらいだったのに、最近じゃ話題に上ることも少なくなった。13年の9月には地元・大阪の堺市の市長選でも負けちまったし、共同代表をやってる「日本維新の会」の勢いもすっかりなくなっちまった。橋下市長が世間から見放されるきっかけになったのは、やっぱりあの「慰安婦は必要だった」って発言だろう。

「それは言わない約束でしょ」って話に、正面から突っ込んじゃった。だけど正直なことを言ってしまえば、この国は「それは言わない約束でしょ」って建前ばかりで成り立ってるんだよ。

ソープランドで本番やってることなんてみんな知ってるけど、「売春は違法だ～」なんて正面切って言うヤツはいないだろ。別にエロに限った話じゃないぜ。憲法じゃ軍隊は持たないってことになってるのに、実際は世界でも有数の軍事力がある。「般若湯《はんにゃとう》」とか言って坊さんがコッソリ酒を飲んでたのは大昔からだしね。

そういうことを声高に言うのはとにかく品がないし、何より笑えない。で、この人はよりによって「シモの話」という一番マズイところに手を出しちゃった。

結局、橋下市長は「落ち目のアイドル」と一緒だよ。最初は「清純派」で人気だったアイドルが、売れなくなってくると過激な濡れ場をやるようになって、最後はヘアヌードになっちゃう。ヘタすりゃAVに出るのもいる。生き残るには、最終的に下半身ネタに頼るしかなくなっちゃうんだよな。

橋下市長も同じだろ。「地方分権」「官僚機構をぶっ壊す」って旗印にみんなが共感していたのに、いつのまにか飽きられちゃって、世間の注目を引こうとシモの話にまで手を出しちゃった。本人は信念だって言うのかもしれないけど、結局ハタから見りゃ「落ち目のアイドル」と大差ない。カッコ悪すぎだっての。

橋下市長はもっと「ニッポン文化」を勉強しろ

まァ、この人のそういう「品のなさ」というか「他人の心の機微のわからなさ」みたいなのは、前に「文楽を保護するのはムダだから止めろ」って言い始めたあたりで気がついちまったよね。文楽なんて、話のスジだけ追えばロクなもんじゃないよ。借金した末に遊女と心中したり、よくよく考えりゃ「バカな男だ」で終わっちゃうような話も多い。だけど、それでも観客が感動しちゃうのは、太夫、三味線、人形遣いの巧みさによるところが大きいわけでさ。そこには技術や努力がつまっているのに、それを理解しようとするわけでもなく、「いらねェ」って一言で切って捨てることができるってのはやっぱり「下品」だよ。

「ニッポンは素晴らしい」「ニッポンを貶めるようなことをしちゃいけない」みたいなことを言うんなら、もっとこの人はニッポンの伝統文化だったり、ニッポン的なものを勉強したほうがいい。

沖縄の米軍司令官には「ニッポンの風俗をもっと活用しろ」って言ったらしいけど、風俗こそニッポンの「グレーゾーン文化」の結晶みたいなものでね。そもそも「風俗」って言葉自体が「風習・文化」というような意味の一般名詞なのに、「エロ産業」の代名詞になっちまってること自体おかしいだろって。その中身を見たって「ソープ」「ヘルス」「ピンサロ」「性感マッサージ」とか、もういろいろありすぎて、こんなもんを世界が理解してくれるわけないんでさ。

橋下本人が「言わない約束でしょ」っていう、あえて曖昧にしておくニッポンの風土を理解してないのに、その最たるものである「風俗」をアメリカに勧めたわけだからね。笑えないブラックジョークみたいなもんだよ。

こんな話をするぐらいだったら、橋下市長は「風俗嬢に老人介護を」って言えば良かったのに。厚労省主導で風俗嬢を国家公務員にしてキッチリ給料を払って、年寄りのシモの世話を請け負ってもらえばいいんじゃないかってさ。

同じ男の下半身を触るにしたって、それならみんなから感謝されるし、尊敬されるんじゃないかってね。風俗のオネエチャンは別にセックスがしたいわけじゃなくて、カネが欲しいからしかたなくそういう仕事をしてるだけなんだからさ。それに、もしカネ持ちのジイサンにでも気に入られたら「遺産は全部やる」って言ってもらえるかもしれないぜ。こういう話なら誰も怒らないのに、アメリカに「風俗使え」なんて言っちゃうんだからセンスがない。

だけど、橋下市長もヤキが回ったな〜。この人、人気取りには長《た》けてたはずなのに、よりによって慰安婦だからね。まァ、歴史がどうだったとかそんな話は置いといて、これじゃあ女の票が取れるはずないだろって。この話を持ち出して喜ぶ人がどれだけいるか、怒る人がどれだけいるかって考えりゃ、普通はテーマにしないだろうけどな。

やっぱり石原（慎太郎）さんと組んだあたりからダメだよね。結局、石原さんのノリに取り込まれてる感じがする。維新の会には石原さんに平沼赳夫さん、参院には片山虎之助さんもいるんだっけか。どう見たって「古い自民党」の面々ばかりなんだからね。この人たちは橋下市長にすり寄るんじゃなく、「日本佐幕の会」として「維新」に対抗するのがホントだと思うぜ。

疑り深いオイラには、どうも石原さんたちが自民党の送り込んだ刺客というか、罠に見えて仕方がないんだよな。石原さんや平沼赳夫さんが橋下市長に近づいたのは、自民党サイドによる「維新の会潰し」の壮大な陰謀だったんじゃないかってさ。

橋下みたいなヤツを放っておくと人気の勢いに乗って、大衆を巻き込んでどうなるかわからないってことで、老人たちを送り込んで「維新」だとか「改革」なんてイメージを消してしまおうとしたんじゃないかってね。で、最終的には自民党の下部組織みたいにしちまえってことでさ。

たとえそんな狙いがなかったとしても、結局そういう結果になってしまってるわけでね。自民党は万々歳だよな。

橋下市長は、古くさいジイサンたちと合流なんてしないで一番人気があった頃に自らドーンと国政に進出しとけば良かったのにさ。

新聞はニッポンの恥を世界にばらまいて喜んでる

この「橋下発言」は世界中から非難囂々《ひなんごうごう》だったわけだけど、副総理兼財務相の麻生（太郎）さんも相当叩かれていたよな。改憲をめぐって「ナチスの手法を見習え」って発言をしたとかで、新聞やテレビから大批判を浴びたって話だけどさ。

まァ、わざわざ「ナチス」なんて言葉を持ち出してくる麻生さんも不用意だけど、もっと解せないのは朝日新聞やらがこのニュースを海外に向けて大々的に発信して責めるという図式だよ。

橋下市長の件もそうだけど、ある意味この麻生さんの発言ってのは「身内の恥」だろう。同じニッポン人の、しかも政府の中枢にいる人間が恥ずかしい発言をしたわけなんだから、うまいこと海外にバレないようにして、目立たないようにしておけばいいのに、わざわざ外国から文句を言われるように仕向けるって了見がわからないんだよな。

政策の問題点やら、公共事業のムダ遣いやら、キチンとした政権批判はジャンジャンやればいい。だけどこれについては、ただ単にニッポンの恥を拡散して喜んでる感じがして珍妙なんだよな。新聞はそれで嬉しいのかねェ。

民主党のマニフェストは「食中毒店のレバ刺し」と同じ

珍妙といえば、いまや政治の世界そのものが珍妙だ。夏の参院選の結果、野党は「これからどうするんだ」ってくらいの壊滅状態になっちまった。民主党はズタボロ、みんなの党も仲間割れだし、日本維新の会にももう勢いがない。自民党が勝ったというよりは、自分たちで勝手に潰れただけだろってね。

民主党がこないだの選挙で、図々しくまたマニフェストを作ってるのには笑っちゃったよ。それってレバ刺しで食中毒を出した店が「今度は新鮮なレバーを出しますんで食いに来て下さい」と言ってるようなもんでさ。まったく信用できないし、「誰が食うかバカヤロー」って感じだよな。普通の神経ならできないし、マニフェストって言葉は使わないというのが常識的な判断。それができないから顰蹙を買うのも当たり前だよ。

そうすると、石原さんと橋下さんが組んで出した店は、過激なメニューが並ぶけど実際の所は旨いかマズイかわからない新店だよな。一方の自民党の店は、古くさい味付けで代金も高いけど、まァ、とんでもないことにはならないかっていう老舗という感じでね、結局、選挙に行く人たちは、新規店に挑戦する勇気があるか、いつもの店でいいやって守りに入るかの二択ってことになっちまうのが寂しいとこだよな。

野党の頼りなさはどれも似たり寄ったりだけど、その中でも、やっぱり日本維新の会の責任は大きいよね。これでもう「維新」って言葉は「形だけの改革」って意味になっちゃった。よく考えりゃ本家本元の明治維新だって、徳川幕府の権力を、薩長の田舎侍が奪っただけでさ。吉田松陰だ、坂本龍馬だと維新の志士の名前をあげたって、結局最後に権力を握ったのは官僚然とした侍ばっかりで、庶民には大して関係はなかったんだろうけどさ。橋下市長も、石原さんと組んだ時点で「あァ、権力が欲しかっただけなのか」と国民に見透かされちまったというオチなんだよ。

「脱官僚」なんて無理だってみんな気づいてる

まァ、これまで野党といえば官僚批判と相場は決まっててさ。元気のあった頃の民主党もそうだし、みんなの党もそうだよな。小沢一郎さんにしたって、ずっと官僚とやり合ってきたわけでね。だけど、それがここまでうまくいかないとあっちゃ、もう「ただの官僚批判じゃダメだ」ってことに気がつくべきなんじゃないか。

与党の時の民主党を見りゃ一目瞭然だよな。「政治主導」「脱官僚」って威勢のいい旗印を掲げてたのに、最終的には官僚の言いなりになっちまった。衆院選で大負けした後の「公開反省会」じゃ、「官僚に邪魔された」みたいな言い訳をしてたわけだけどさ。

オイラはそれなりに政治家にも官僚にも会う機会があるから思うんだけど、普通の政治家がエリート官僚に勝とうなんてそりゃムリだって。悪いけど、今の政治家で官僚たちに実務能力や専門分野の知識で太刀打ちできる人なんてほとんどいないんだからね。

事務次官になろうかっていうトップクラスの官僚はおそらく国会議員なんて屁とも思

っちゃいないね。だから、そんな政治家たちに「官僚がニッポンをダメにした」「官僚抜きで政治を」なんて言われたら、「寝言ぬかすなコノヤロー」って気持ちになるんじゃないかってさ。そりゃあ意地悪もしたくなるだろうってね。

だから政治家に本当に必要なのは「官僚を使いこなす力」なんだよな。官僚を打ち負かすなんてのは、「素手でライオンやヒグマに勝つ」って言ってるみたいなもんなんで、もうそれをマニフェストにしたって誰も信用しないわけだよ。

それよか「優秀なエリート官僚に、いかに自分の思うような仕事をさせるか」ってことを政治家は考えたほうがいい。

「あなたの能力を見込んで頼みがある。このムダな予算を削るにはどうすればいいか」って言われりゃ、官僚たちも意気に感じて、頭をフル回転させていいプランを捻出するんじゃないかってね。

それなのに、今は政治家も官僚も頭と力の使いどころが違うんだよな。族議員と官僚が一緒になって各省庁の利権を拡大させることばかりに必死になってるわけでね。

本当に賢い連中の能力を、正しい方向に使わせるってことを政治家たちは考えたほうがいいね。橋下市長みたいにケンカばっかりふっかけて「敵対する者はぜんぶ蹴散らせ」なんてやってちゃ、そのうち息切れしちゃうのがオチなんだよ。

北野新党を立ち上げりゃ、本当に「野党第一党」になっちまうぜ

昔から冗談で「北野新党を立ち上げりゃ、ソコソコ行くぜ」なんてブチ上げてたけど、そろそろジョークじゃなくなってきてるよな。もし次の選挙で「北野新党」を立ち上げりゃ、野党第一党になっちまうんじゃないの。

だけどオイラは「名ばかりの党首」ってことで、政治には全く関与しないの。そのかわり党員からは、「ビートたけし」「北野武」のブランド使用料ってことで上納金を納めさせるというさ。全く口出ししないけど、カネだけはよこしやがれってね。

で、もし晴れて政権を獲った暁には、総理大臣が東国原英夫、副総理が水道橋博士、一番ケンカっ早いから防衛大臣につまみ枝豆を据えてさ。テレビ番組のレポーターで全国に行ってるラッシャー板前には観光大臣をやらせて、草野球で頑張ってるダンカンはスポーツ改革のために文科大臣。玉袋筋太郎は特命の「風俗大臣」で今の東京の浄化作

戦を全部取り止めて、スナック文化の復興、フーゾク業界のサービス向上を一手に担ってもらうというさ。

この政権は、ある意味最強だぞ。前科者ばっかりなんで、スキャンダルなんて全く怖くない（笑い）。反対にスキャンダルがないような面白くないヤツは大臣にはしてやらないぞってさ。

そういえば昔、東のヤローとソープランドに行ったとき、ある「事件」があったんだよな。アイツ、ソープに必ずある「スケベイス」の座り方がわかんなくてさ。知っての通り、オネエチャンが男の背中のほうから股の下に手を入れてポコチンを洗うためのイスだから、当然凹みの部分は縦にして座らなきゃいけないはずだろ。なのにアイツは、こともあろうかその凹みを真横にして座りやがってさ。そしたら知らずに股の下に手を入れようとしたソープ嬢のオネエチャンがイスでガーンと突き指しちゃった（笑い）。で、東は「アンタ、何やってんの！」とえらく怒られたというね。これをたけし軍団では、「そのまんま東ゴールデンフィンガー突き指事件」として長く語り継いでるというオチなんだよ。あのヤローには議員のイスなんかもったいない。スケベイスで十分なんだよな。

やっぱりどう考えても「二院制」は必要ない

延々とバカ話をしちまったね。だけど本当の問題は、現実の政治の世界がこの話を「バカげてる」って笑えるのかってことだよ。実際に参院議員になってる面々を見てみりゃ、よくわかる。日本維新の会も、いくら票が取れるからってアントニオ猪木はないだろうよ。

イチイチあげればキリがないけど、そもそも参院議員の面々なんて元をたどればタレントばかりなんでね。別にタレント出身だから悪いなんて思わないけど、あからさまに票集めの道具になっちまってるのは事実だよな。いろんな党が、わけのわからないタレントにまで「出馬しないか」って声をかけてるらしいしさ。

そうなってくると、当然「そもそも参議院なんて本当に必要なのか」って話が出てくる。二院制ってのは、参院が衆院のチェック機関であって、衆院の暴走を止めるために必要だってんだけどさ。でも、昔の貴族院みたいな位置づけならともかく、ここまで政党の力が大きいんなら別に2つも要らないだろって。「ねじれが解消」とかいってマスコミは歓迎してたけど、それなら元々必要ないってことなんでね。

ただ、いざ参院をなくそうって話をしても、決めるのは当の議員たちなんだからね。年収ウン千万円、6年間の身分保障というオイシイ立場を自分たちから放棄するはずはないし、なかなか議論は進まないよな。

参院に限らず、国会議員には「資格試験」を導入したほうがいいぜってね。一般常識から政治経済や国際問題まで、一定の知識に達しないヤツは、当選したってガンガン落としちまえばいいんだよな。年に1度の「期末試験」があれば、お気楽議員たちも必死に勉強するんじゃないかってさ。

増税に怒らない若いヤツラは「アイドル・スマホ・ラーメン」で手一杯

だけど、国民だって「政治家はダメだ」なんて言えるんだろうか。国民が政治家たちに大顰蹙の目を向けてる一方で、自分たちはどうなんだって見方もある。

大人気ドラマの決めゼリフだとか、新型のスマートフォンの機能だとか、どうでもいいことばかりが話題になってるけど、国民の生活にズッシリのしかかる消費税の話は、みんなサラリと受け流すってのは一体どういうことなんだろう。「2014年4月から消費税を8%に上げる」と、安倍首相がとうとう正式に宣言したわけだけど、別に大きなデモや反対運動が起こるわけでもなくてさ。みんなそれを当たり前のように受け入れちゃってる感じなんだよな。

80年代後半に消費税3%が導入されたときは、消費者団体やらが猛反発してたけど、あの人たちは何やってるんだろ。もうあきらめちゃったのか？ みんな死んじゃったわけでもないだろうしさ。急に羽振りがよくなって、もう消費税なんていくらでも払うよってなっちゃったわけでもないだろってね。

特に若いヤツラが大人しいよね。これがオイラの若い頃だったら学生運動のネタになるんだろうし、もしヨーロッパで同じことが起こったら若者たちが「俺たちの生活を潰す気か！」って黙っちゃいないよ。もしかしたら、今の若い人たちは「少しでもいい暮らしをしたい」なんてこれっぽっちも思っちゃいないのかもしれないよね。オイラが若い頃は「あの高級車に乗りたい」「いい時計が欲しい」「カッコいいマンションに住みたい」「旨いメシが食いたい」って、いろんな方向に欲をもってた。だからこそジャンジャン仕事をやって、一発当ててやろうとか、出世してやろうと思っていたわけだけど、おそらく今の若い人たちの多くは恐らくそんな風には考えていないんじゃないか。

別に今の若いヤツに欲がないってわけじゃない。よく「オタク」だというけど、かえってひとつの対象や趣味にハマることは多い。「AKB48に人生を賭ける」とか「新型のｉＰｈｏｎｅを買うために何日も並ぶ」とか「都内の行列ができるラーメン屋を完全制覇する」みたいなヤツは至る所にいるわけでさ。だけどよく考えてみると、そういうのはたいがい「小銭で済む道楽」なんだよな。

意識的なのか無意識なのかはわからないけど、若いヤツの多くが、無理して働いて自分の収入やステータスを上げようとしなくても追っかけられる趣味や道楽を選んでしまっているわけだよ。アイドルだとかスマホだとかラーメンみたいな狭いところに自分のテリトリーを限定して、その中だけで生きていこうとしているんだよな。

だから給料が少々下がろうが、税金が増えようが、そういうことは見ようとしないし、深く考えない。楽に稼いで、その範囲の中で自分の好きな分野だけを見て生きていこうってヤツが多いんじゃないか。なんで無理して富裕層にならなきゃいけないのか、自分の世界があればお金なんてどうでもいいと思ってるヤツばかりなんだよ。

だけど、そうやって自分の視野をわざと狭めてる若者がいる一方で、そいつらを「メシのタネ」にしてる賢いヤツラもいるってのが、今の時代の「二極化」の実態でさ。頭がいいヤツは、与えられた状況に満足しているヤツラをターゲットに、そいつらの趣味嗜好に合ったものをうまく当てがって商売にしてさ。視野の狭いオタクが気がつかないうちに、ドンドン搾取して儲けてるって図式なんだよな。

消費増税だって、その仕組みに似てるよね。消費税を徴収されて困るのは一般庶民で、国庫に入ったカネで潤うのは賢い役人たちでさ。復興財政の使い道がインチキだったように、消費税の使い道だって何だかよくわからないんだから、これが政府の言うように国民にキチンと還元されるわけがない。もし自分たちのために役立つ使い方をされると信じてるとしたら、相当のお人好しだよ。国民だってさすがにそのことに気がついてないわけはないと思うけど、もうハナからあきらめているのかもな。

まァ、それでも若いヤツラがあきらめて投票に行かねェのはヤバイよな。若い世代はもうカネも政治もすべてをあきらめちまってる感じがするよね。どうしようが若いヤツラの勝手だけど、このまま政治をするのも老人、選挙に行くのも老人だけってことになっちまうと、オイラたち団塊の世代以上の老人たちが逃げ切るためだけの政治ばかりが進むようになっちまうぞ。

「未来の子供のために」なんてデカイことを言う政治家は信用するな

まァ、とにかく「未来の子供たちのために」とか「子孫にツケを残すな」なんて言葉は疑ってかかったほうがいい。

そういうセリフを吐くヤツには「じゃあ、お前は自分のひいひいじいさんの顔や名前を知ってるのか」って聞いてみたくなる。オイラなんて、自分のじいさんの顔すら知らねェぞ。自分たちが先祖のことなんて考えたこともないのに、自分たちが先祖として、後の世代のことを親身になって考えるなんて、まるでリアリティーがない。政治家だって国民だって自分の生活やら老後が気になってるだけなのに、いかにもひ孫やらに気を遣っているような、そんな大ウソをつくんじゃネェって思っちまうよ。

政治家なんてのは、後ろ暗いことがあったり、ちょっとごまかしてお茶を濁そうって時にかぎって、そういう「未来の子供たちに」とか「地球規模、宇宙規模で」なんて大仰なことを言い始めるんだよ。具体的なことを言わないくせに、デカイことばかり言ってるヤツには気をつけたほうがいいぜってね。

オイラの地元の区議選で「国際社会を～」「世界経済を～」なんて言ってるヤツがいたけど、それよりまず足立区をどうにかしてくれっての！　ジャン、ジャン、ジャン！

第2章

震災以降、「生き方」と「死に方」について考えてきた

「被災地に笑いを」なんて戯れ言だ

２０１１年の3月11日。あの日を境に、いろんなことが変わった。というより、この国のいい部分も、本質的な問題点も、東日本大震災という大きな出来事によってあぶり出されたという気がする。

被災地で被害に遭われた人たちとは比較にならないけど、オイラにとってもあの地震は衝撃的だった。震災直後はバラエティ番組も放送されなくなって、毎日の生活も大きく変わった。

震災直後にオイラが何を考えたか。それは、あの日から10日後の3月21日に発売された『週刊ポスト』のインタビューで詳しく話している。ちょっと長くなるけど、その当時の雰囲気を思い出すためにも、そのまま引用してみる。

〈以下、当時のまま引用〉

なによりまず、今回の震災で被災された方々には心よりお見舞い申し上げます。こんな大惨事になるとは思ってもみなかった。

ちょうど地震の時は調布のスタジオで『アウトレイジ』続編の打ち合わせをしててさ。オイラ、普段は大きな地震でも平気な顔して座ってるタイプなんだよ。だけど今回は、スタジオの窓から見えるゴミ焼却炉のデカい煙突がグラグラしててさ。今にもこっちに倒れてきそうなんで、たまらず逃げたね。こんなこと初めてだよ。そんなの、震源地に近い東北の方々の被害に比べりゃ何でもない話だけどさ。

どのチャンネルつけても、報道番組一色で、オイラはすっかりテレビから遠ざかっちまった。こうなってくると、ホントにお笑い芸人とかバラエティ番組にできることは少ないよ。

地震発生から間もない14日の月曜日に、『世界まる見え！ テレビ特捜部』(日本テレビ系)の収録があって、スタジオに客まで入れてたんだけど、直前に取り止めたんだ。所(ジョージ)と相談してさ。こんな時に着ぐるみ着てバカやれないよって。とてもじゃないけど笑えないよってさ。

よく「被災地にも笑いを」なんて言うヤツがいるけれど、今まさに苦しみの渦中にある人を笑いで励まそうなんてのは、戯れ言でしかない。しっかりメシが食えて、安らかに眠れる場所があって、人間は初めて心から笑えるんだ。悲しいけど、目の前に死がチラついてる時には、芸術や演芸なんてのはどうだっていいんだよ。

オイラたち芸人にできることがあるとすれば、震災が落ち着いてからだね。悲しみを乗り越えてこれから立ち上がろうって時に、「笑い」が役に立つかもしれない。早く、そんな日がくればいいね。

悲しみは本来「個人的なもの」

常々オイラは考えてるんだけど、こういう大変な時に一番大事なのは「想像力」じゃないかって思う。

今回の震災の死者は1万人、もしかしたら2万人を超えてしまうかもしれない。テレビや新聞でも、見出しになるのは死者と行方不明者の数ばっかりだ。だけど、この震災を「2万人が死んだ一つの事件」と考えると、被害者のことをまったく理解できないんだよ。

じゃあ、8万人以上が死んだ中国の四川大地震と比べたらマシだったのか、そんな風に数字でしか考えられなくなっちまう。それは死者への冒涜だよ。人の命は、2万分の1でも8万分の1でもない。そうじゃなくて、そこには「1人が死んだ事件が2万件あった」ってことなんだよ。

本来「悲しみ」っていうのはすごく個人的なものだからね。被災地のインタビューを見たって、みんな最初に口をついて出てくるのは「妻が」「子供が」だろ。

一個人にとっては、他人が何万人も死ぬことよりも、自分の子供や身内が一人死ぬことの方がずっと辛いし、深い傷になる。残酷な言い方をすれば、自分の大事な人が生きていれば、10万人死んでも１００万人死んでもいいと思ってしまうのが人間なんだよ。

そう考えれば、震災被害の本当の「重み」がわかると思う。2万通りの死に、それぞれ身を引き裂かれる思いを感じている人たちがいて、その悲しみに今も耐えてるんだから。

だから、日本中が重苦しい雰囲気になってしまうのも仕方がないよな。その地震の揺れの大きさと被害も相まって、日本の多くの人たちが現在進行形で身の危険を感じているわけでね。その悲しみと恐怖の「実感」が全国を覆っているんだからさ。

逆にいえば、それは普段日本人がいかに「死」を見て見ぬふりしてきたかという証拠だよ。海の向こうで内戦やテロが起こってどんなに人が死んだって、国内で毎年3万人の自殺者が出ていたって、ほとんどの人は深く考えもしないし、悲しまなかった。「当事者」になって死と恐怖を実感して初めて、心からその重さがわかるんだよ。

「バイク事故」で全てが変わった

それにしても、今回の地震はショックだったね。こんな不安感の中で、普段通り生きるのは大変なことだよ。原発もどうなるかわからないし、政府も何考えてるんだかって体たらくだしさ。政治家や官僚たちに言いたいことは山ほどあるけど、それは次回に置いとくよ。まァとにかく、こんな状況の中で、平常心でいるのは難しい。これを読んでる人たちの中にも、なかなか日頃の仕事が手につかないって人は多いと思うぜ。

それでも、オイラたちは毎日やるべきことを淡々とこなすしかないんだよ。もう、それしかない。

人はいずれ死ぬんだ。それが長いか、短いかでしかない。どんなに長く生きたいと願ったって、そうは生きられやしないんだ。「あきらめ」とか「覚悟」とまでは言わないけど、それを受け入れると、何かが変わっていく気がするんだよ。

オイラはバイク事故（94年）で死を覚悟してから、その前とその後の人生が丸っきり変わっちまった。

今でもたまに、「オイラはあの事故で昏睡状態になっちまって、それから後の人生は、夢を見ているだけなんじゃないか」と思うことがある。ハッと気がつくと、病院のベッドの上で寝ているんじゃないかって思ってゾッとすることがよくあるんだ。

そんな儲けもんの人生だから、あとはやりたいことをやってゲラゲラ笑って暮らそうと思うんだ。それはこんな時でも変わらないよ。やりたいことは何だって？ バカヤロー、決まってるだろ。最後にもう一本、最高の映画を作ってやろうかってね。

〈引用、終わり〉

東日本大震災ほど、ニッポン人に「死」というものの重さを突きつけた出来事はないと思う。それは多くの人が亡くなったという「災害の規模」の問題じゃなく、大事な人を亡くした人々の悲しみがニッポン中を覆っていたからでさ。

だけどその後、「絆」という言葉がガンガン遣われるようになったのには辟易したね。そんな一言で地震後のニッポンをまとめられちゃかなわないと思う。あの日を境にして、ニッポン中が悲しみや怒りに満ちあふれた日々を送ってきたんだからね。

撮影を中断したオイラの映画だけじゃなく、震災直後はとにかく自粛、自粛ってムード一辺倒だった。その代わりかどうかはわかんないけど、いろんな芸能人が被災地に殺到してたよな。被災者支援のステージに炊き出し……。「僕たちには歌しかない」とか言って、よく知らない歌手までこぞって東北に行ってたもんだ。

もちろんそれは立派なことだよ。でも、あの人たちは今も被災地に通ってるんだろうか？　そんな話、最近あんまり聞かなくなった。

やっぱり本当に偉いのは、誰に褒められるでもなく、テレビに取り上げられるでもなく、今も黙って手をさしのべてる人たちだと思う。そうじゃなきゃ「あれはただのブームだったのか」って思われても仕方がない。

自戒をこめて言うんだけど、ニッポン人には「感動ごっこでお茶を濁す」って悪い癖があってさ。

寄附をして、被災地に行って歌や踊りをしてみせて、最後はみんなで手を取り合って「感動をありがとう!」って涙のフィナーレ。被災者は喜んでくれるし、イベントをやるほうにも達成感がある。それはそれでいいけど、本来もっと優先されなきゃいけない根本的な問題の解決にはなっちゃいないだろ。

被災した方々の中には、仕事をなくしたり、住む家をなくしたりして途方に暮れている人たちがまだまだたくさんいるわけでさ。それをどうにかするのは政治の役割なんだけど、じゃあ政府のデタラメに本気で抗議したり、自ら動いて被災した方々の仕事や家をどうにかしようとしたヤツがいたかどうか。オイラを含め、そこまでやった人間は誰もいないわけだよ。

寄附だって、本当に被災した方々のほうを向いてしたことだったのか。社会全体の雰囲気を見て、「オレもこのぐらい出しといたほうがいいか」って、自分の立ち位置を意識してやったことじゃなかったか。

やっぱり「人間のエゴ」ってものを覆い隠して話を進めても、本当のことは何も見えてこないと思うんだよね。震災直後にも言ったことだけど、悲しんだり喜んだりって人間の感情は、本来すごく個人的なものでさ。被災地のインタビューでも、みんな最初に口をついて出てきたのは「妻が」「子供が」だったろ。他人が何万人も死ぬことより、自分の子供や身内が一人死ぬことのほうがずっと辛いんだよ。

たとえば今年交通事故で子供を亡くした親がいたとする。その人にとってみれば震災のことなんてもうどうでもいいことだろう。ほとんど報じられなくなったけど、東日本大震災の前にニュージーランドでも大地震があった。ニッポン人の犠牲者もたくさん出た。みんなはすっかり忘れてても、犠牲者の家族には、そっちの「震災後」のほうが消せない記憶なんだよ。

東日本大震災で、被災地の人たちの姿が心を打ったのは、誰もが胸が張り裂けそうな「個人的な悲しみ」を抱えながら、その感情を表に出さず助け合っていたからだと思う。「絆」だとか、そんな安っぽい言葉で語れるもんじゃねェんだよ。

あえて言う、「人間愛」を疑え

そもそも「人間愛」とかって歯の浮くような言葉を、臆面もなく声高に叫ぶヤツは疑ってかかったほうがいい。「人類みな兄弟」「世界に平和を」なんて言うけど、人間の歴史において、それが実現されたことは一度もないだろ。今でも世界各地で殺し合ってる人たちがいるし、第2次世界大戦で広島や長崎に原爆が落とされたのも、言ってしまえばつい最近の話じゃねェか。そのことに見て見ぬフリをして、甘〜い響きの言葉を垂れ流すヤツラの気がしれないよ。

口先で何を言ったって、人間ってのは自分勝手な生き物なんでさ。だから震災みたいな非常時こそ各人のエゴが露骨に現われちまう。だけど、こういうときにどう振る舞うかで人間の「品」ってものがわかるんじゃないか。

原発事故の被災地からの品物を受け入れるのを拒否したり、放射能が怖くて遠くへ逃げたり……。気持ちはわかるけど、女子供はともかく、大の大人がやっちゃみっともねェだろ。

震災直後、放射能の恐怖で世の中がパニックになってるとき、芸能界でも東京から逃げようとする人がたくさんいたよね。「たけしさんは逃げないの?」って聞いてくるヤツもいたんだけどさ。

だけど、そんなこと考えもしなかったよな。

オイラは芸人だ。当然だけど、芸人は客がいなきゃ商売にならないんでね。浅草の演芸場で育ったオイラには、ニッポンで一番お客の多い東京から逃げるなんて選択肢はハナからないんだよ。

オイラも66歳だ。「生きる」ってことにもうそれほどの執着はないよ。大人になるってのは、自分の限界を知るって意味じゃないかって思うんでさ。これから先、これまでの自分にできなかったことが突然できるようになるわけではないし、逆に自分にできることはだいたい見当がつくようになったわけでね。だから今後の人生に過度な期待をするってこともないんだよな。

その点、若い頃はそうはいかないよね。最近、昔の自分を振り返って無性に恥ずかしくなるんだよな。女にモテようとバンドをやってみたり、ジャズ喫茶で働いてみたり、洒落たレストランに通ってみたり、仕事で虚勢を張ってみたり……。それは全部、自分ってものの限界が見えてなかったからなんだよね。

「オレはまだまだこんなもんじゃない」って期待するから、執着する。それが「若さ」なんだよ。「若い」ってことがいかに恥ずかしいことだったか、それがわかるのが大人の男なんじゃねェかって思うね。

自分の限界がわかって、「できること」と「できないこと」が判断できるようになると、自然と胆が据わる。「人はいずれ死ぬ」という当たり前のことを受け入れられるようになって、少々のことでは動じなくなる。この歳になって、ようやくそんな気がしてるんだよな。

世の中、「また大きな地震が来るかもしれない」って言われているけど、最低限の準備さえしておけば、大人の男はどーんと構えておけばいいいんじゃないか。どうせ遅かれ早かれ死んじまうんでね。もし富士山が大噴火して死ぬことになったとしても、「歴史に名が残ってありがたい」ぐらいに考えていればいいんだっての。

そう思えれば、エゴまみれのオイラたちだって、ちょっとぐらい他人に優しくなれるのかもしれないぜ。

大島渚監督の死で『戦メリ』のあの頃を思い出した

震災以外にも「死」というものはすぐそこにある。ここ数年、オイラの周りでも世話になった人たちがたくさん亡くなった。

オイラが映画というものにかかわるきっかけになった『戦場のメリークリスマス』の大島渚監督もそうだね。大島監督の通夜に行って、遺影の前で手を合わせてみるとさ、やっぱり思い出すのは『戦メリ』の頃のことだった。

通夜の記者会見では、「大島さんの映画に出たことが（監督をやる）きっかけになった。もっと感謝しておけばよかった」ってオイラのコメントが大きく報じられたわけだけどさ。

でもよくよく考えてみれば、それは今だからこそ言える話でね。あの映画を作ってる当時は「オイラも映画を撮ろう」とまでは考えもしなかったね。「オイラはいつもテレビじゃ6つのカメラを自在に動かしてるんだから、ひとつのカメラで撮れる映画なんて簡単じゃねェか」なんてタカをくくってたぐらいでさ。だけど『戦メリ』に出たことで、

「映画って面白いもんだな」って思うようになったのは間違いない。

どっちかっていうと、大島さんはとにかく役者やスタッフを怒鳴りまくるんで、「監督ってあんな風にゃんなきゃいけないのか」「こりゃオイラには無理だ」って思ってたよね。だからかな、オイラは自分が監督になっても、直接役者に演技を指図することができないんだよね。だから助監督にコソコソ耳打ちして、間接的に俳優に指示してもらうようにしてるの。もちろん自分が役者としてヘタだって自覚してるから他の役者に言いづらいってのもあるけど、やっぱり「オイラは大島さんみたいにはできない」って思ってるのが大きいのかもしれないね。

『戦メリ』の撮影でも、大島さんはやっぱり怒鳴りまくってた。でも、オイラは一度も怒られてないんだよ。実は出演を引き受ける前から、あらかじめ大島監督とは「オイラと坂本龍一には決して怒鳴るな」って約束してたんでさ。

だってこっちは演技についてはズブの素人だぜ。「俳優に求めるレベルでケチをつけられちゃたまらない」って話でね。

だから大島さんは、オイラたちがいくらヘタクソでNGを連発しても怒れないんで、内心イライラしてたんじゃないの。相手役の役者や助監督に「お前らのせいでタケちゃんや坂本君がいい演技できないんだ！」って当たり散らしてたもん（笑い）。

まァ実際、今見たってあのときのオイラの演技、ヘタでヘタでしかたないもんな〜。

大島さんの追悼ニュースじゃ、オイラの顔がドアップになる『戦メリ』のラストシーンが何度も出てきて参ったよ。そう、「ミスターローレンス、メリークリスマス、ミスターローレンス」ってヤツだよ。あのシーンで世界が泣いたっていうけど、当のオイラにしてみりゃ、「もう止めてくれ！」って叫びたくなったね。

撮影当時からオイラも自分のヘタさは自覚しててさ。最初はできあがった映画を観に行くのも嫌だったね。

だからオイラは、コッソリ内緒で映画館に出かけていって、あの映画を観たんだよ。で、ジッと観客の反応を見てたらね、映画の序盤でオイラが登場すると、それだけでみんなドッと笑っちゃうんだよ。

もう「タケちゃんマン」やらツービートの漫才のイメージが強すぎて、誰もオイラを役者として見てないんだよな。

なのに、あのラストシーンでは、そのオイラの顔のドアップでも誰も笑いやしないし、感動すらしちまったわけだからね。それでもオイラにとってはイヤでイヤで仕方のない顔なんだけど、もしかしたら名監督ってのは、俳優が一番見せたくない表情を切り取って見せることができる人なんじゃないのかな。

爆笑のラロトンガ島ウラ話

その後、「役者としての自分のあり方」ってのは結構考えたよね。このまま笑われ続けたんじゃどうしようもないとは感じてた。テレビドラマで大久保清みたいな凶悪犯を立て続けにやったのも、オイラのお笑いのイメージを映画やドラマの中では消したかったってのが大きいんだよな。ドラマや映画に出ても笑われないようになるまで、ずいぶんかかった気がするよ。

『戦メリ』での自分の顔も嫌いだったけど、もっと嫌いだったのが坊主頭でさ。戦時中の軍曹役だから当然丸刈りなんだけど、その頃のオイラはもうそれがイヤでイヤでしかたがなかったんだよな。

だから、「お前も剃れよバカヤロー」って、当時のマネージャーも丸坊主にさせちゃった（笑い）。どこに行くにもツルツル頭のふたりが並んでるんだから大笑いだよな。

その頃のオイラは太ってて、顔がパンパンでさ。坊主頭をネタにして、「こんばんは、児玉誉士夫です！」なんてやってたの（笑い）。そしたら怖そうな人たちから「テメエ殺すぞ」って怒られて、慌てて、「こんばんは、瀬戸内寂聴です！」ってネタに切り替えたんだよな。

まァ、オイラの演技も酷いけど、坂本龍一の演技も酷い。当時は2人で「フィルムを盗んで焼こう」なんて言ってたもんだよ。そんなオイラたちやデビッド・ボウイをキャスティングするんだから、大島さんってのは勇気があるよね。

映画監督としての大島さんは、まさに狂気の人でね。もうトコトンこだわって撮影するんだよ。だけど、どこか一方でムチャクチャ抜けてるところがあってさ。ニュージーランドのラロトンガ島で撮影した『戦メリ』の撮影現場では、笑える話がいっぱいあるもんな。

まずは「トカゲ事件」だろ。『戦メリ』のオープニングで、トカゲが数秒映ってからいなくなるシーンがあるんだけど、このトカゲがなかなかジッとしていられないんだよ。で、大島さんがトカゲにブチ切れて「お前、どこの事務所だ！」って言ったというね。もっと大変だったのが、オイラ（ハラ軍曹）が捕虜を引き連れて行進してきて門を開け放つっていうシーンだよ。

大島さんは門の開閉のタイミングにムチャクチャこだわっててさ。「今のじゃ早すぎる」「いや、それじゃあ遅すぎる」って何度も何度もリハーサルをやらされるわけ。「バカヤロー！ このタイミングがこの映画でイチバン大事なんだ！」って怒鳴ってさ。で、いよいよ本番となったんだけど、リハーサルで門の開閉を何度もやりすぎたもんだから、蝶番《ちょうつがい》がバカになっちゃって門の扉が壊れて外れちまったんだよな。

だから助監督がいったん撮影を止めようとしたんだけど、大島さんが「何で止めるんだ、貴様は！」って怒るんだよ。

「すみません、門が外れちゃったので……」って答えると、「バカヤロー！ 門なんかどうだっていいんだ！」だって（笑い）。じゃあこれまでのリハはいったい何だったんだっての。一事が万事こんな具合なんだからね。

笑える話はまだまだあるよ。

坂本龍一（ヨノイ大尉）を下から拝み上げるように撮るシーンがあってさ。当然、カメラは下から坂本を狙わなきゃダメなんだけど、できるだけ低い位置から撮るために、大島さんが「穴を掘れ」って指示したんだよ。

で、穴を掘ってカメラを入れたんだけど、穴が小さすぎてカメラマンが入れねェの。「カメラだけ埋めてどうするんだ、お前らはほんとにバカだ」ってまた大島さんが怒ってさ。それでデカい穴にするためにスタッフが何時間も地面を掘り続けてたんだよね。で、そばで見ていたオイラが一言、「坂本を台の上に立たせたほうが早いんじゃないか」って言ったんだよ。

そしたら大島さん、「ハッ！　タケちゃん、君は天才だ！」だって。

まだまだあるぜ。音声さんが「撮影中に雑音が入るんです」って訴えてさ。大島さんが、「何ィ〜！　貴様ら、オレの映画を台無しにする気か！　絶対黙ってろよ！」って言うわけ。

で、いざ撮影が始まると、やっぱり「ウ〜グ〜ウ〜」って音がするわけだよ。で、みんながよくよく耳を澄まして聞いてると、それって大島さんのうなり声なんだよな(笑い)。うるせェのは当の監督じゃないかよってね。

「よ〜いスタート事件」ってのもあるね。

キャスター付きの椅子に座った大島さんが、メガホンで「よ〜いスタート!」って叫んだら、自分の声がデカすぎてそのまま後ろにドーンと下がっていっちまったという(笑い)。「お前はジェット機か!」ってオチなんだよな。

抱擁シーンで「奇跡」が起こった

坂本龍一がデビッド・ボウイ(セリアズ少佐)に抱きつく有名なシーンがあるだろ? あのときに画面がストップモーションみたいにカッカカッカカッて揺れるんだよ。もう素晴らしい演出なんだけど、実はあれはカメラの故障で偶然フィルムが引っかかっただけなんだよ。

映像を見て、みんな焦ってさ。「これはヤバイ」ってね。だけど、映画で一番いいシーンだから、そのまま使ったんだ。それがバツグンの効果を生んだんだから「ホントに奇跡だ」って話でさ。あれは無理につくった画じゃないんだよな。

そんなこともあって、『戦メリ』はカンヌ映画祭で確実にパルム・ドール（最高賞）を獲るってみんなで騒いでいてさ。カンヌじゃ、大島組は毎日のように豪勢なパーティをやっていたんだよな。山本寛斎のカッコイイ服を着込んでさ。

だけど、映画祭ってのは映画監督が審査をするだろ？ そういうのは嫉妬に変わるんだよな。オイラの『菊次郎の夏』もそうだったけど、あまりにも下馬評が高いと審査委員たちは賞をくれないもんなんだよ。

オイラも恥をかいちゃったよな。

カンヌの受賞作発表前日に、スポーツ新聞の記者がオイラのところにやってきてさ。「受賞後に取材したんじゃ明日の朝刊に間に合わないから、受賞したということであらかじめ喜んでる写真を撮らせてほしい」って言うんで、Vサインして写真を撮ったわけだよ。

そしたら、受賞したのは別の作品で、翌日のスポーツ紙の見出しは「たけし、ぬか喜び」だからね（笑い）。もうたまんないぜっての。

まァ、大島さんってのは、映画の一番良かった時代を生きた人だと思うね。黒澤明さんみたいなエンターテインメントのど真ん中の人と違って、あの人は最初から最後まで実験を貫いた人でね。

松竹ヌーベルヴァーグの始まりといわれる『青春残酷物語』だってそうだし、『愛のコリーダ』だってサンザン物議をかもしたしね。

今じゃこういうスタイルの作品は、せいぜい単館上映されてDVDの売り上げで元がとれるかどうかって話になるけど、大島さんの場合は、ジャンジャン金を使って壮大な実験ができたことが凄いんだよな。

才能も情熱もあったけど、時代にも恵まれた。そんな気がするね。

だけど、大島さんが亡くなって、必ず流されるのが、作家の野坂昭如さんと殴り合ってるシーンってのはどうなんだろ。映画監督が死んだってのに、あの映像を流しちゃかわいそうだろって。2人のポコポコ殴り合う音は、木魚の代わりじゃないんだぞっての！

談志さんの「枯れた芸」も見てみたかった

立川談志さんも亡くなった。あれは震災の年のことだったね。あの頃いろんな人から「たけしはどう思ってるんだ」ってコメントを求められたんだけどさ。まァ、あれだけ落語界、芸能界にデカい影響を与えた人もいないんで、一言でどうこう言うのは難しいんだよね。それでもひとつだけ言えるのは、あの人ほど「古典」というものを愛し続けた落語家はいないってことだね。

あの人のイメージじゃ「自分が一番うまい」って言いそうだけど実はそうじゃなくてさ。古今亭志ん生とか、先代の桂文楽みたいな大名人には「かなわねェ」っていうようなことを言ってたしね。

談志さんといえば『芝浜』が有名だけど、やっぱり「芝浜の三木助」といわれた三代目桂三木助のうまさを認めてた。昔の落語家の価値を肌で感じて、古典の良さを世の中にわかってほしいと思い続けてた人なんだよ。

志ん生、文楽が室町時代や戦国時代の刀匠がつくった名刀だとすれば、談志という刀は現代作家の鍛えた刀だよね。どちらも素晴らしいものには違いないんだけど、みんなが日本刀の良し悪しを評価できた時代と、一握りの人しか評価できない時代じゃ、当然そのあり方も変わってくるわけでね。

談志さんの本当の価値を認めてくれる時代じゃなかったっていうのが、あの人にとっては辛いとこで、それで何かイライラしてたんじゃないかと思うんだよね。

自分は古典が好きで好きでしかたがないけど、そんな自分の思いと現代の客にギャップがありすぎたんだよな。で、「バカな客だ」って毒づいてみたり、高座をドタキャンしたりしちまったんじゃないかな。破天荒な生き方をしてみせたのだって、「自分が世の中を振り向かせないと落語が盛り上がらない」って考えたからじゃないかと思うんでさ。国会議員になったのだって、あの人の芸人としての価値観からいえば「ダサイこと」じゃねェかと思うけど、そういう気持ちがあったからなんじゃないのかな。

しかし75歳か。まだまだ若かったよな。実を言うと、オイラは80歳、90歳になった「枯れた談志」ってのを見てみたかったんだよ。もしあの人が晩年の志ん生さんみたいに「もうボケちゃった」って開き直ることができれば、芸人としてもっと凄いことになったんじゃないかと思うんでさ。

だけど談志さんは、自分の持ってる知識とか教養ってものに最後までプライドを持ってたからね。だから自分がモーロクしていくところは絶対に見せたくなかったんだろうな。テクニックだとかを超えて、その先に見える芸ってのもあるんじゃないかとオイラは思うけどね。

なんせあまのじゃくな人だからね。「落語ブーム」だなんて言われると「ふざけんな」って反発するだろ。そういう世間のインチキ臭い流れに対して誰より批判的なんだよな。かといってけなせばヘソを曲げるし、褒めりゃお世辞を言いやがってと言うしさ（笑い）。

体がキツくても「立川談志」であり続けようとするのは、オイラもそばで見ていて辛いなと思ったもん。

談志さんとオイラの「フルチン写真秘話」

あの人の豪快さってのは、繊細さの裏返しなんでね。オイラの『ＴＶタックル』（テレビ朝日系）に談志さんが出演したんだけど、いきなりザ・デストロイヤーのマスクを被って、収録の間に一言もしゃべらなかったこともあったぜ（笑い）。オイラも「これじゃ本人かどうかわかりませんね」「楽な仕事ですね」なんて茶化して面白がってたけど、ギャラを払うテレビ局のほうからしてみりゃたまったもんじゃなかったみたいで、二度と番組には呼ばれなかった。そういう極端さが、談志さんの味でもあり、苦悩の一因でもあったような気がするんだよね。

そんでもって最大級の負けず嫌いでさ。オイラの家の押し入れにしまってあるんだけど、談志さんとオイラの２人でフルチンになって歌ってる写真があるんだよ。ずいぶん前のものだけど、オイラがフルチンになると、「負けてたまるか！」って自分も脱いじゃうの（笑い）。本人が死んじゃった今、あの写真はもうオイラも墓場まで持っていくしかないよ。そんな性格だからか、やっぱり最後まで「枯れた芸」なんてものとは無縁な人だったのかもね。

談志さんと最後に会ったのは、爆笑問題の太田光をまじえて雑誌の鼎談をやった時かな。その頃、３人で上野のうなぎ屋に行ったんだよ。で、記念にってことで色紙に寄せ書きをしたんだけど、最後に談志さんが二重丸の真ん中に縦線引いた放送禁止のマークを書いちゃって、飾りたくても飾れなかった（笑い）。「ざまあみろ」って顔してさ。あの人らしいよな。今頃談志師匠は、こんなどうしようもなくくだらないニッポンをどこかから笑って見てるに違いないよ。

「年上の死」には気骨を感じる

大島監督や談志師匠だけじゃなく、芸能界の大先輩だった森光子さん（享年92）に、『TVタックル』で世話になったハマコーさん（浜田幸一・享年83）、三宅久之さん（同82）も震災後に亡くなった。友達だった中村勘三郎（同57）も逝っちゃった。オイラも周りも同様にドンドン歳をとってる。やっぱり年々「死」ってものを考える機会が増えているよな。

自分の家族のことなんであんまり言いたかないけど、うちの兄貴（長兄・重一さん）も死んじゃったんだ。兄貴は英語が達者で、いろんな会社からスカウトが来た優秀なビジネスマンだったんだよ。輸出用の工業製品とか機械を、自分で英語のマニュアル作って、現地で交渉してたりしてた。「あのキタノタケシの兄ちゃんなのか」ってビジネスがうまくいったこともあったんだって。

オイラとは違ってできた兄貴だったんだけど、死に際もキッチリしてた。病気が進行してたから、オイラもどうにかしてやりたいと思って、長期入院ができる九州の病院とか、完全介護のところとかへ入ってもらおうとしたんだけど、兄貴本人に断わられたんだよ。「自分のことで周りに迷惑をかけたくない」ってさ。

で、生きてる間に自分が死んでからのことを全部決めてた。「病気のことは絶対人に言うな」「葬式は身内だけで」「墓は入らない」「散骨してくれ」ってね。

最近は、死んだ後のために「エンディングノート」を作ったり、いわゆる「終活」なんて言葉が出てきてるけど、いざ自分のこととなるとちゃんとできる人は少ないと思う。やっぱり最後まですごい兄貴だった。

森光子さんが亡くなる少し前に兄貴は死んだんだけど、この2人は一度だけ会ったことがあるんだ。森さんは14年前にウチの母ちゃん（北野さきさん）が死んだとき、オイラの家に駆けつけてくれたの。その時に兄貴もいてさ。

森さんが線香あげて帰った後、兄貴は本当に感心してた。「ありがたい。義理堅い人だな」ってね。

兄貴が「さぞお前と付き合いが深かったんだろう」って聞いてきたんだけど、オイラは「いや、『3時のあなた』で会ったぐらい」って返したんだよ。そしたら「本物の芸人ってのはすごいんだな」ってなおさら感動してた。

自分より上の世代の人たちの死に直面すると、ハッとさせられる。なんだか「気骨」みたいなものを感じるんだよね。

芸人は「死」すら笑いに変える

年下の勘三郎の死も、いろいろと思うところはある。この人の場合、まだバリバリの現役だし、これからまだまだやりたいことがあったはずだろうからね。

「親友」なんていうのはおこがましいよな。この人、とにかく付き合いがよくてさ。いつもニコニコ笑って、どんな人とも楽しい酒を飲むもんだから、いろんな人と交流があった。芸人らしい芸人だったね。

確かに、よく一緒に飲んでたな〜。オイラが勝新太郎さんと飲んだときにも、勘三郎は一緒にいたしね。「おい歌舞伎、お前らばかり国の援助受けやがって」っていじめてばっかりだったけどな。

やっぱり勘三郎は歌舞伎ってものと真剣に向き合ってたからこそ悩んでた部分があると思う。「今の時代だって、歌舞伎が一番新しい芸をやらなきゃいけない」ってよく言ってて、新しいことに挑戦するんだけど、隈取りとかかつらとか女形って制約があるなかで、なおかつ新しいものっていうのはなかなか難しくてね。いろいろと努力してたけど、その実、苦しんでもいたろうなって気がするね。

こないだ高田文夫さんのラジオに出たら、写真をもらったんだよ。立川談志さんと、勘三郎と、高田さんとオイラが４人で写ってる写真でさ。「もうこのうち２人死んでるじゃねェか、次はどっちだよ」ってね。

しかし高田さんもしぶといよな～（笑い）。一度は心臓が止まったってのに、元気に戻ってきやがった。いまや倒れる前よりピンピンしてるよ。高田さんが復帰したときのラジオでも、もうムチャクチャ言ってやったんだよ。「オレが葬儀委員長になって、１人２万円とって飲みに行くはずだったのに」とか。

で、「今度（の出演）は高田さんの追悼番組になると思います」が番組のシメの言葉だからね（笑い）。

高田さんは、心臓にペースメーカー入れててさ。もうそのこともイジリ倒してやったんだよな。後ろからいきなり「ワァ！」って声をかけたってちっとも驚かないし、オネエチャンの前であがってドキドキすることもないんだろって（笑い）。１００メートル全力疾走したって息ひとつ乱れないというね。さすがにあの人も「そんなこと言うの止めてよ、タケちゃん」だって。

そしたらそのうちオイラのツッコミに高田さんもノッてきちゃってさ。「オレは林家ペースメーカー」「北朝鮮がミサイル撃ってきたらピピピッて鳴るよ」だって。あの人はもう自衛隊に入ったほうがいいね。

まァ、こうやって自分が死にそうになったことだって芸にできるのがお笑いにかかわる人の面白いところだね。

実際、高田さんは心臓が止まって、バンバン心臓マッサージされたもんだからあばら骨が折れちまったってのに、そうやって笑ってるんだからさ。

死にかけても笑いで返さなきゃいけないってのは、よくよく考えたら嫌な商売なんだけど、それでもオイラは「だからお笑いっていいよな」と思ってる。

老人が気楽に死ねる社会を

どっかのお偉い文学者や評論家じゃこうはいかないよ。いったん死線をさまよったのに、その後インタビューを受けたらバカなことは言えないじゃない。「人間とは」とか「病とは」とか「老いとは」みたいなことをマジメに論じなきゃいけなくなっちゃう。

オイラにゃそういうのは性に合わない。自分が生きたか死んだかってことにそんな大きな意味なんてないと思っちまうんだよな。だから高田さんにも「ヤレるの？ 女と」なんて聞いちゃうわけでさ。

人間は生まれて必ず死ぬんだからさ。別にそこに特別な意味を持たせようとしちゃいけないって気がする。オイラは1回、バイク事故で死んだようなもんでね。その後はもう「もらった命」みたいなもんだから、死の間際でバタバタすることだけはイヤなんだよね。

有名人が死ぬと、ニュースやワイドショーなんかでコメンテーターがよく言うじゃない。「惜しい人を亡くした」とか「早すぎる死」とかさ。そうやって惜別を演出してるわけだけど、いずれは自分だって死ぬんだからね。口先だけで人の死を悼むんじゃなくて、自分の死ってものに置き換えて考えないと、「死ぬ」ってことのホントの意味はわからないと思うんだよ。

その点、オイラの兄貴や、森光子さんやら、古い世代の人は、いろんな人の死を静かに見てきたからこそ覚悟ができてたんじゃないかって気がするね。

そうはいっても「死ぬのが怖い」ってのは当然だよな。安倍首相の自民党政権には、ぜひ「老人が気楽に死ねる社会」ってのを実現してほしいね。昔の浅草のストリップ劇場みたいに、ヒロポン打ち放題にすりゃ安楽死なんて簡単なんだろうけど、そんなこと言ってちゃ怒られるか（笑い）。

オイラの「エンディングノート」には何を書き残すかって？　そんなもんどうだっていいけど、気になるのはオイラが死んだときのニュースだよな。どうせ「あのコマネチで有名な……」なんて言って、オイラが股をグイグイとやってるコマネチポーズのシーンをやるに決まってるもん。どうせカッコよく死なせてくれないだろって想像できるんだよな。オイラのエンディングノートには「追悼ニュースではコマネチ禁止」って書きたいところだけど、小さいヤツだと思われそうだからやっぱり止めとくぜっての。

戒名なんてどうだっていい

エンディングノートといえば、最近じゃお墓や戒名にも独自のこだわりがある人が増えているらしい。最近じゃ坊さんに戒名料を払わないで「自分の戒名は自分でつけたい」っていう人もいるんだってね。

こないだ「どんな葬式がしたいか」って聞かれたけど、オイラは自分が死んじまった後のことなんてどうだっていい。どうせ立派な戒名つけたって誰も覚えてやしないし、「たけし」って呼ばれ続けるに決まってるんだからね。

坊さんに高いカネ払うより「自分で戒名」って方が賛成だね。どうせだったら死んだ後もみんなから笑ってもらえるような爆笑戒名をつけて、後世に名を残したいって思うんでさ。

オイラの場合、

「女好《じょこう》院《いん》太《ふと》摩《ま》羅《ら》珍《ちん》宝《ぼう》大《だい》居《こ》士《じ》」

ってのはどう？　まさにオイラの身体的特徴を簡潔に言い表わしたすばらしい戒名だと思うけどな。

見栄張るなって？　うるせェバカヤロー！　じゃあ、

「珍《ちん》宝《ぼう》院《いん》仮《か》性《せい》包《ほう》茎《けい》居《こ》士《じ》」

にしといてやるよ。これで正確になっただろ。

えッ、戒名には生前の功績や仕事、名前からの字も盛り込むもんだって？　そんなのどうだっていいよ、イチイチ細かいな。

それなら「駒《こま》根《ね》知《ち》院《いん》武《ぶ》笑《しょう》珍《ちん》宝《ぼう》大《だい》居《こ》士《じ》」でいいや！　ジャン、ジャン、ジャン！

第3章

「恥」と「粋」の芸人論

芸の成熟はブームの終わり

前の章では、最近いろんな人の訃報に触れることが多いって話をしたばかりだけど、こないだ太平シローが死んじゃったのはさすがにショックだったな。まだ55歳だったんだぜ。

「ツービート」と「太平サブロー・シロー」は、『THE MANZAI』や『オレたちひょうきん族』でも一緒だった。数えりゃキリがないくらい思い出があるけど、シローちゃんは実力のある芸人だったからね。いい芸持っていたのに、ホントに惜しいよ。

訃報をきっかけに、サブロー・シローの漫才がテレビでけっこう流れてたけど、やっぱり面白いんだよな。話術も巧みだし、モノマネも笑えるよな。今の流行とは全然違う、懐かしい「味」みたいなものがあってさ。

テレビにしろ、世の中ってのは、死んでから「いい人だ」「天才だった」って持ち上げるじゃない。「じゃあ、生きてる間にもっと応援してやれよ」ってツッコミたくなるけどさ。

シローちゃんは、芸はバツグンだったけど、実は精神的にちょっと脆いところがあってさ。いつだったか、当時オイラがやってた『平成教育委員会』に、シローちゃんをキャスティングしていたことがあって。ある時、なぜか収録をドタキャンしちまってさ。オイラが「レギュラーで頼むよ」ってオファーした時には、シローちゃんはすごく喜んでいたのに、突然パッタリ来なくなっちまったんだよな。その後、２、３か月くらいして「すいません、すいません」ってシローちゃんがオイラのところに謝りにきてね。オイラは「ゼンゼン気にしてないよ」「また一緒にやろうよ」って励ましたんだけど、結局芸能界からフェードアウトしていっちまってさ。今思えば、あの頃からちょっとうまくいってなかったのかもしれないよな。

まァ、シローちゃんもオイラも、80年代の漫才ブームで世に出てきた人間でね。今も第何次だかわかんねェけど漫才ブームだろ。正直、今の若手のほうがオイラたちの時と比べて技術的にはだいぶ上だと思うんだけど、それが人気や視聴率に比例するかっていうと、そういうわけでもないんだよな。

それが「ブーム」ってヤツの怖いところでね。技術的にはデタラメでも、芸の衝撃度とか物珍しさがあればブームになって、視聴率も上がるんだよ。だけど、芸人の実力が人気に追いついてきて「いい芸してるね」「技術があるね」なんて批評されはじめた頃には、もうブームは終わりに向かってるってことなんだよな。

これがエンターテインメントってものの難しいところなんだけど、実は技術的にうまいか下手かというのは人気商売ではあまり問題じゃなくてさ。要は、衝撃的で、新鮮で、もう1回見たいと思えるかどうかってポイントに尽きるんだよ。「うまい漫才」を見たいってんなら、オイラより年上の大御所の漫才師たちが視聴率20％以上バンバン取れなきゃおかしいわけだけど、そうはいかないだろ。

今のプロレスを見たってそうだよ。力道山が空手チョップで敵役のレスラーを張り倒していた頃には、プロレスの技術は低くても、今とは比べものにならないくらいの国民的な人気があったわけだよ。だけど、最近じゃいろんなプロレス団体が、アクロバットみたいなことをやったり、WWEみたいなドラマ仕立てのショーをやったり工夫してるけど、戦後の頃の客入りにはゼンゼンかなわない。まさに「成熟はブームの終わり」で、すべてのエンターテインメントってのは、技術が上がれば上がるほど食えなくなるという矛盾と戦っていくしかないんだよな。

オイラの若い頃と今の漫才はまるで違う

最近は、年末に復活した『THE MANZAI』(フジテレビ系)で「最高顧問」をやったり、不定期で『北野演芸館』(毎日放送系)って番組をやったりして、若手芸人の漫才やコントに触れる機会が増えてる。

こういう番組に出るときに、オイラが決めていることがあってさ。「審査委員長」みたいな偉そうな肩書きじゃなく、「近所の面白いオッサン」くらいのスタンスでいようと思ってるんだよな。『THE MANZAI』でも、あくまで「最高顧問」だしね。別に番組に出てゲラゲラ笑ってるだけならいいけど、同業者のオイラが若い奴らの芸をあーでもない、こーでもないと評価したりするのは、何だか違うんじゃないかと思っちまうんだよな。

お世辞や謙遜でもなんでもなくて、正直オイラが漫才をバリバリやってた時代より、今の若手の実力あるヤツラの漫才のほうが、絶対面白いと思うよ。そういうヤツラに俺が上から目線で物申すのは、カンベンだぜってね。

それに同じ漫才でも、オイラがやってた頃のものと今のものじゃ、ゼンゼン「質」が違うんだよな。

まず「尺」が違うからね。オイラの時代の漫才は、テレビでは7分程度、寄席やストリップ小屋の舞台じゃ15分はやってたんだよ。だけど今のお笑い番組を見てると、ネタは大体4~5分にまとまってるよな。だから、やり方もまったく違ってくるんだよ。

オイラの頃は、テレビにしても舞台にしても、漫才を始めながら客の顔を見て場の空気を読んで、前振りやスジ振りをしっかりやって、余計な脱線を挟んで温めていって、ってことをステージの上でやってたわけ。

だから客のほうも聞いてるウチにジワジワ面白くなってくるし、芸人の方もドンドン乗ってくるっていう「流れ」が大事だったんだよ。

だけど、今の芸人にはそんな時間が与えられてないわけでさ。余計なモノを全部削ぎ落として、次から次にドンドン「オチ」を繰り出していかないとダメなんだよ。

昔の漫才と今の漫才の違いってのは、まさしく「レコード」と「iPod」の違いだよな。オイラの頃はレコード針をレコードの上に落としたりするプロセスから、「プチプチッ」っていうノイズまで「味」だって言って楽しんでたわけだけど、今の漫才はアルバムの中でも余計な曲は外して、好きなものだけ抽出して、ピンポイントで取り出してるっていうことだよ。

まァ、芸のレベルは上がったけど、アナログ的な味はなくなっちゃったよね。そっちのほうが面白くてウケるからそういう流れになってるわけで、今さらジジイがとやかく言うことじゃないけどさ。

「お笑い」に採点やコンテストはそぐわない

あと、こう言っちゃなんだけど、お笑いってものと「採点」や「審査」ってものが本来そぐわないんだよ。

オイラ、漫才ブームがはじけてからはいくつか賞ももらったけど、最初の頃はお笑いコンクールなんてもん落ちてばっかりだからね。オイラたちの出番の前のコンビが大ウケしてると、すごいプレッシャーを感じたもんだよ。そういや、同じコンクールに３回連続で落とされたこともあるよ。観客にはドッカンドッカンウケて、それでも優勝は別のコンビってことばかりでさ。「ネタが下品だ」「あんなの漫才じゃない」なんて審査員に言われてね。表彰式のときにツービートの名前が呼ばれないもんだから、お客から「えーっ」て声が聞こえたぐらいだもんな。

オイラに言わせりゃ、芸事、とくにお笑いなんてものは「ウケれば勝ち」なんだよ。客が喜べばそれが最高の芸なんだよな。それを「素人はわかっちゃいねェ」なんて言って、通ぶったヤツラが評価をひっくり返すのは、まったくもってナンセンスだぜ。

最近よくある「芸人が芸人を採点する」ってのもそもそもビミョーな話だね。本当に有望な若手が出てくりゃ、自分の食い扶持が脅かされるわけで、潰そうとするのが正しい芸人の姿なんでさ。国際映画祭なんかでも同じことが言えるけど、その道の権威ってのは本当に面白いヤツや才能があるヤツってのを蹴落とそうとするもんなんだよ。たいがい、優勝するのはどうでもいいヤツ（笑い）。

だけど、最近のお笑いのコンテストには信じられない数のエントリーがあるんだってね。『THE MANZAI』の予選には1500組以上の応募があったっていうしさ。

世の中、そんなに芸人がいるのかって驚くよな。

「今の連中はM―1だのR―1だのキングオブコントだの、コンテストがいろいろあってウラヤマシイ」なんて言う人がいるけど、オイラはそうは思えないよ。

結局、そんなにお笑いコンテストに人が殺到するってのは、テレビで有名になれなきゃ食えないって事情があるからでさ。

オイラの若い頃には、テレビなんか出ずに、浅草の演芸場やストリップ劇場で芸人人生を終えるような人がいっぱいいてね。たまに舞台に出て、仕事がない日は安い煮込み屋に行って酒飲んで酔いつぶれてって毎日で、「オレは浅草芸人だからしょうがない」なんてクダ巻いてても生きていけたわけ。アル中になってボロボロになって死んでも、それが芸人ってもんだから本望って人たちばっかりだったし、中にはそんなヤツを哀れに思って可愛がってくれる常連客もいたわけだよ。

それに演芸場の楽屋じゃ、師匠と弟子、兄弟子と弟弟子って関係の中で、持ちつ持たれつがあったけど、今やそんなもんは形だけになってきてるんでさ。

今は、テレビに出なきゃ芸人だなんて名乗れないし、誰も振り向いてくれないわけでね。売れなきゃ即路頭に迷っちまうという、ムチャクチャ辛い時代なわけだよ。演芸場文化が終わっちまったことが、今の芸人たちの最大の不幸なんだよな。だから「芸人養成学校」みたいなものにすがろうとする若いヤツラが出てくるわけでね。芸人になりたいなんて言おうもんなら、勘当されたっておかしくないはずなのに、いまや親が月謝払って面倒見ようってんだからヘンテコなんでさ。人から教えてもらって笑いがとれりゃ、誰でも成功してなきゃおかしいだろってね。まァ、オイラは若い芸人たちをキンチョーさせないように、『THE MANZAI』では、できるだけ目立たないようにしておこうかね。

ADのカッコしてスタッフに混ざるか、それとも女装して観客席に隠れとくかな。オイラみたいなジジイの反応は気にせず、ドンドン型破りの芸人が出てきてほしいもんだぜっての！

劇団ひとりのせいで浅草でとんだ散財

オイラが下積み時代を送ったのが浅草だ。今でもたまに、ふらっと浅草に顔を出すんだけどさ。駆け出しの頃を過ごした街だから、いまでも馴染みの人たちが多いんでね。

だけど、こないだ久しぶりに行きつけの「捕鯨船」って飲み屋に行って、えらい目にあっちゃったよ。どうやら、劇団ひとりのヤローが、テレビで余計なことを話しちまったせいなんだよな。ある日、劇団ひとりが「大好きな『浅草キッド』の歌詞に出てくるくじら屋に行ってみたい」とかで、芸人仲間を連れて「捕鯨船」に飲みに行ったんだってさ。

アイツらが店に着いたのはもう閉店時間だったんだけど、それでも1時間くらい飲ませてもらったらしくてね。で、そろそろ帰ろうとして、「お勘定は？」って店主にきいたら、「いらない」って言ったんだってよ。

「いいよ、お代はタケちゃんからもらってるようなもんだから」ってね。

それで劇団ひとりが感激して、テレビで言いふらしちゃったんだけどさ。オイラが「捕鯨船」に顔を出したら、もう店中の客がみ〜んな期待した目でオイラを見てやがるんだよな（笑い）。もう、店にいたゼンゼン関係ない客の勘定分まで、オレの奢りだぞ。チューハイだとか煮込みを食っただけなのに、結局10万円も置いてくる羽目になってさ。

弱っちゃったよ。

まァ、若い頃サンザン世話になった町だからさ。しかたないね。

笑っちゃう話はまだまだあるよ。そのくじら屋の近くに、修業時代から世話になってる店があるんだけど、その店のお母さんが足をケガしたとかで、見舞いに行ったんだよな。そしたら、そのお母さん、俺にコソッとポチ袋を渡してくるんだよ。「これ、何かの足しにして」ってね。そのお母さんにすりゃ、オイラなんて20代の小僧の時のまんまなんだよな。なのに帰りは、オイラのロールスロイスが店の前まで迎えにきているというオチでね。もう何が何だかわからないぞってさ。

浅草キッドと年に1度の「社長会」

10年くらい前、玉袋筋太郎のおふくろさんにも小遣いもらったな（笑い）。

浅草キッドの独演会かなんかをやってて、その楽屋に玉袋のおふくろさんが来ててね。「どうも、せがれがいつもお世話になってます」って言われてさ。

で、おふくろさんが、「たけしさんと2人で話があるから」って人払いしてさ。なんだろうと思ったら、祝儀袋を出して、「これで、温かいものを食べなさい」だって。後で玉のヤローに「お前らよりはオイラのほうが少しは稼ぐぞ」って冷やかしてやったよ。そしたら玉が「師匠、すみません、そういうタイプのおふくろなんで」だって。もううれしいやら恥ずかしいやらだよな。

浅草キッドの2人とは、たまに「社長会」てのをやるんだけどね。

その日だけは、玉袋と水道橋博士の2人が社長になって、下っ端のオイラに奢ったり、小遣いをくれたりするという趣向でさ。オイラは2人を社長って呼ばなきゃいけなくて、あっちはオイラを「タケちゃん」て呼んでいいというね。「タケちゃんも、最近、頑張ってるね」「いやあ、社長のおかげです」って、オイラがキッドの2人をヨイショするというさ。

「お前、すっぽんなんて、高級なモン食ったことねェだろ。俺たちが奢るから、遠慮せず食え。精がついてビンビンになるぞ」なんてアイツらが言って、オイラは「はい！いただきます」って、ご馳走になるわけ。

最後はアイツらが「これでタクシーでも拾って帰りな」って、オイラにお車代をくれてお開きだよ。

で、「ありがとうございます」ってうやうやしく祝儀袋を受け取って、そこにまたオイラの運転手付きのロールスロイスが迎えに来て、乗ってっちゃうという（笑い）。そういうシャレなんだよな。オイラのウチには、２人からの祝儀袋がそのまんまの形でもう15コくらい貯まってるよ。このカネだけは手をつけられないんだよな。

オイラは浅草で深見千三郎って師匠にも出会ったし、いろんな人に世話になって生きてきたって思いがあるんだよな。まァ、今じゃオイラが逆の立場になったってだけの話でね。

「下積み」があるから楽ができた

だけど最近の芸人に、そういう人間関係ってあるんだろうか。最近の若い奴らは、ちょっとネタができるとすぐライブに出たり、テレビに出たりで下積みって経験がないからね。それは手っ取り早くていいんだろうけど、なんだか芸に「味」みたいなもんがないって感じはあるよね。下積みの頃に悶々としながら考えたことって、やっぱり後から効いてくるもんなんでさ。

考えようによっちゃ、今のタレント芸人のほうがよっぽどキツいんじゃないか。ビンボーでどうしようもなくても、救ってくれる師匠や先輩がそばにいてくれないわけだからね。

よくよく考えてみると、オイラの若い頃は、特にひもじかったわけでもないんだよな。飲み屋に行けば、馴染みの客から「おう、焼酎でも飲ましてやるよ」って奢ってもらえたしね。今の世知辛い世の中じゃ、芸人をつかまえて一杯奢ろうなんてヤツはなかなかいないだろ。昔は別に豊かだったわけじゃないけど、なんだかおおらかというか、悠長だったんだよな。

ストリップ劇場じゃ、ひもじいどころか大食い選手権みたいだったもん。

踊り子さんが出前を取るときに、オイラの分も一緒に取ってくれるんだけど、ひとりから奢ってもらうとあとが大変なんだよな。

「じゃあアタシも取ったげるわよ」「アタシも！」「じゃあアタシも！」なんてことになってさ。

もし一人前しか食わないってことになると「なんでアタシのは食べないの？」って怒られちゃう。ストリップ嬢のメンツってやつだよな。あそこじゃコメディアンのほうが踊り子より格下なんで、どんなに腹一杯でも最後まで平らげるしかないんだよな。

なんだかんだ言って温かい時代だったね。今は便利でいろんなものも売ってるし、食い物だって安いから小銭で腹一杯になれるけど、なんだか味がなくなったよね。世の中が全部ジャンクになっちまってるって気がする。新聞や週刊誌だってそうじゃねェかな。ドンドン売れなくなってくると、どっかで見たようなスキャンダルとか、ありがちな批判記事に頼りがちになるけど、そうなってくるとどの雑誌を見ても同じってことになっちまうわけでね。即効性はなくても「読ませる記事」「味のあるページ」ってのが増えてこないとダメだよな。

まァ、どの業界もそうだね。世の中全体が回り道をすることを嫌がって、すぐに結果を求めるようになっちまったからさ。アベノミクスの世の中に逆行するようだけど、もしかしたらニッポンを救うのは下積み制度の復活かもしれないぜ。

芸人の生活保護問題を考える

芸人の「貧しさ」について話していて思い出したけど、ちょっと前、けっこう稼いでいる芸人たちの家族が生活保護を受けていることが問題になった。当事者の芸人たちはけっこう世間から叩かれていたけど、批判を承知で言わせてもらえば「恥」という感覚を抜きにこのテーマを語るなんてできないね。

まァ、芸人の実家なんてたいがいは貧しいもんだよ。オイラの育った家だって、足立区でも相当ビンボーなほうだったからね。父ちゃんは飲んでばっかりで家に稼ぎを一銭も入れてくれないような状況だった。それでもオフクロやアニキたちが頑張ってくれて、なんとか生活保護は受けずに済んだって生活レベルだったんだよ。

この「受けずに済んだ」ってのがポイントでさ。

オイラがガキだった時代は、社会全体が今より相当貧しかったはずだけど、「生活保護を受ける」っていうことそのものが、ものすごく恥ずかしいことだという印象で、なんとかそれだけは避けようって必死にもがいてたんだよ。

仕方がなく生活保護を受けてる家だって、それをおおっぴらには口外しなかったし、周りの家も気を遣って触れないようにしてた。なのに最近は「もらえるもんはもらっとかなきゃ損だろ」って話になっちまってる気がするんだよね。

もちろん病気だったり、どうしても働くことができない事情がある人は堂々と生活保護を受ければいい。それをオイラは否定しないし、にっちもさっちも生活が立ちゆかなくなってしまった人のためにぜひ活用されるべきだと思う。

でも「働けるのに働かない」ってヤツが生活保護費をもらうのはどう考えたっておかしい。もらうことがいいか悪いかという議論の前に、それは「恥ずかしい」ことだ。そういう恥の感情が失われちまったことが、そもそもの問題じゃないかって思うけどね。

受給芸人をめぐる一連の報道じゃ「芸人の生活は不安定だから……」ってフレーズがよく出てきたよな。だけどそれは言い訳にならねェし、芸人が自分から言っちゃいけない言葉なんだよ。

じゃあ本当は芸人になりたくなかったのか？　そうじゃないだろ。収入が不安定なことなんてもともと織り込み済みで、それでも好きだから始めた商売じゃないかってさ。

芸人、役者、歌手なんて仕事はどんなに不安定でもバイトでもなんでもやりながら耐えなきゃいけないもんなんだよ。

東日本大震災でも実感したことだけど、生きるか死ぬかの局面では、芸術や演芸なんてのは二の次、三の次で、何の役にも立ちゃしない。それでも自分が「やりたい」ってやってる仕事なんだから、社会の援助は極力受けるべきじゃないんだよ。

逆に「やりたくない仕事だけど生活のために続けてる」って人もたくさんいる。そういう人たちの中には、生活保護費をもらってるヤツより稼ぎが少ないってケースもあるはずでね。そうなると「こんなバカバカしいことやってられるか」って話になる。

やりたい仕事をやってる人間だって、やりたくない仕事をやってる人間だって一緒だよ。とにかく「働くことは辛い」っていうのが大原則なんでさ。「プロ野球選手になりたい」「サッカー選手になりたい」なんてガキの頃の夢を叶えたヤツラだって、実際に夢が叶ってみると、必死になってレギュラー争いをしたり、ケガの痛みに耐えたり、日々苦しみの中で生活を送っているわけだよ。楽な仕事なんてどこにもない。それでも生きていくために耐えていくしかないのに、その原則を安易な生活保護受給が崩しちまってるんだよな。

厳しい現実に直面した若者にとっちゃ、ナマポってのは格好の逃げ道でさ。

アメリカ流の夢至上主義が浸透しちまった影響かもしれないけど、いつの間にかニッポン中に「仕事は楽しまなきゃいけない」「自分らしくイキイキと働かなきゃいけない」という幻想がはびこっちまってさ。そんな甘～い現実なんて、実際にはありもしないのに、ちょっとうまくいかなくなると「これは本当の自分じゃない」とか言って、自分の殻に閉じこもってしまう若者が増えちまった。

そうなると「なにもしないで寝てたほうがいい」ってナマポにたかる人間が出てくるのもトーゼンだよ。だって、楽だもん。

政治家は芸人よりも巨悪を叩け

だけど、受給芸人に関しては「ここまで言われなくてもいいじゃねェか」という気もする。特に、政治家や世間がよってたかって若い芸人をやり玉にあげてるのはどうかと思うよね。

世の中には、もっと悪いヤツラがたくさんいるだろ。いわゆる「生活保護ビジネス」

ってヤツだけど、その辺で集めたホームレスを囲って、そいつらの生活保護費を搾取する組織もある。暴力団でも不正受給してるのがいる。マンションやら車も全部他人の名義で持って、そのくせ生活保護の甘い汁を吸いまくってる悪党がいるわけだよ。

ある女政治家が、生活保護の件で名前があがった芸人をムチャクチャに批判してたけど、政治家は芸人あたりを突っつくんじゃなくて、そういう組織的な巨悪と正面切って戦ってみろよ。それもしないで、お手軽な弱い立場の人間を選んで見せしめにしたってところに違和感を感じるんでね。

これはニッポンの政治、メディア、国民すべてに共通する「空気」だね。

結局、口では「暴力団はけしからん」と号令をかけても、お上はそれを本気で壊滅しようとはしない。「被災地を助けよう」っていってもガレキは受け入れないし、適当な歌や踊りで感動ごっこを演出するだけ。この国は上から下まで「ポーズ」ばかりなんだよ。手頃なところで落としどころを見つけて、解決したつもりになっちまうんだよな。

芸人が生活保護見直しキャンペーンの格好の人身御供にされちまったって面はあるね。

だけど、その芸人はすぐに謝らずにダンマリを決め込んだせいで、さらに大きな批判に晒されちまった。芸人として重要なのは「社会的な善悪」よりも、「自分の行動が客（世間）からどう見えるか」ってことだよ。それを考えないから、タイミングを失してしまったんだよ。とにかく芸人の基本は、客の反応を見ることなんだっての。ジャン、ジャン！

第4章

顰蹙覚悟の「教育論」

『ヨイトマケの唄』ってオイラのことかよ

2012年末の紅白歌合戦で披露して以来、美輪明宏さんの『ヨイトマケの唄』が、ネットやらで「感動した」「心を揺さぶられた」とか騒がれて大人気になっているんだって？　この唄は、ちょうどオイラが高校生の頃流行った唄で、当時の美輪さんは丸山明宏の名前で出てたんだよな。

昔の名曲が見直されるのはいいことなんだけど、オイラにとっちゃなんだか複雑なんだよな。あの曲、まるまるガキの頃のオイラの家のことを歌ってるみたいでさ。

ウチはペンキ屋だったからね。「きたない子供と、いじめぬかれて」なんてまさにオイラんちのことだし、「おまけに僕はエンジニア」ってのも、ウチの兄貴と同じじゃないかってさ。

で、近所の職人のカミさんたちは、みんなヨイトマケをやってたしな。当時の足立区は戦後復興の建設ラッシュで、新しい家や建物が建つ時は、その辺のおばさんたちはみんなかり出されてさ。「父ちゃんのためなら、エンヤコラ」ってリーダーが音頭をとると、他のメンツも「エンヤコ〜ラ!」って声をあげてたもんだよ。

ウチの近所のカミさんたちは、みんな平日はヨイトマケをやって、土日は西新井大師で売る草だんごを握る仕事に行って、夜はアメリカにブリキのおもちゃを輸出する工場の内職をやってさ。

ウチだって父ちゃんは酒飲んで暴れて金を遣っちゃうから、しょうがないってんで、母ちゃんの稼ぎでオイラたち兄弟は養って食わせてもらってたんだからね。

だけどさ、それでも自分たちが「かわいそうな子供」だとはまったく思ってないわけ。周りがみんな同じような環境だったから、それが当たり前だったんだよな。

ところが思春期になって「女にモテたい」なんて思い始めた時にあの唄が流行って、「なんだよ、オイラはかわいそうな子供だったのかよ」って妙に悲しくなっちまったというね。

だから、紅白で美輪さんの歌を聴いて、今のヤツラが感動したって聞くと、どっかで「冗談じゃねェよ、バカヤロウ」って思っちまうんだよな。

現代で貧乏してるヤツラと、オイラのガキの頃の貧乏、どっちが不幸せなんだろうか。

現代版『ヨイトマケの唄』ってのがあったら、どんな歌詞になるんだろうかって想像しちまうよな。

「ハローワークの～帰り道～♪」

「いつも～コンビニ～弁当で～♪」

「今では僕も出世して～牛丼特盛食えるようになった～♪　母ちゃん～見てくれ～この姿～♪」

なんてことになるのかね。昔と今と、どっちがマシなんだろうって話だよ。

だけどコンビニ弁当だとか牛丼なんて、さも貧乏の象徴のように言われるけど、もしオイラがガキの頃にこんな食い物を見てたら、狂喜乱舞してただろうね。もう目を輝かせて食っちゃう。「おかずがたくさんあるよ！」「こんなにいっぱい肉食っていいのかよ！」ってさ。昔は晩飯といえば、おかず一品に味噌汁だけが当たり前だったわけだからさ。

だけどさ、よくよく考えりゃその頃には冷凍食品なんて便利なものはないからおかずは全部手作りだし、味噌汁だってインスタントもないから、イチから出汁をとっていたわけでさ。白いメシだって、毎回釜で炊きたてのものを食っていたわけだよな。そう考えると、はたして今と昔とどっちが贅沢なのか、本当の所でわからなくなっちまう。要は「無い物ねだり」なんだよ。

まァ、最近はとかく「昔はよかった」なんて話になりがちだよね。昭和30年代、40年代を懐かしんで「あの頃の日本は貧しくても夢と希望に溢れていた」なんていうドラマが多いじゃない。オイラに言わせれば、「嘘をつくんじゃない」って気がする。別にそんなにいい時代でもなかったぜってね。

体罰に「昔はよかった」はありえない

現代の教育と、昔の教育とでよく比較されるのが「体罰」についてだ。

大阪の市立高校の名門バスケットボール部の主将が教師から体罰を受けて自殺した件が問題になった。40発以上も殴ったなんてのはやりすぎだし、許される話じゃない。亡くなった子は、本当に逃げ場がなかったんだろうな。

だけど、オイラの学生の頃を思い出せば、もっと無茶なことがまかり通っていたのも事実でさ。オイラだって学校の先生にはよく殴られたし、オイラに限らず、スポーツの部活動では、指導者や先輩からの鉄拳制裁は当たり前だったからね。

ただあの頃と今の違いは、子供のほうに「自殺」なんて発想がなかったことだよな。オイラの時代は、毎日メシを食って生活していくだけで精一杯で、「自分から死ぬ」なんて考えはハナからなかった。ゼロかどうかはわからないけど、近所の友だちや同級生で自殺したなんてヤツは聞いたことがないしね。

だけど今の子供たちはオイラの頃と違っていろんな情報が入ってくるから、「自殺」っていうことも考えちゃうんだろうな。昔はガキが単純だったからいいけど、今はそうはいかないってことでね。

体罰も「昔はよかった」って話になりがちだけど、決してそうじゃない。指導者のゲンコツが教育のためか、それとも単なる暴力なのか、子供たちには本質的に見極める力があるんだよ。それがわからないバカな指導者が増えるから、こんなことになっちまう。

そういえば、元ジャイアンツの清原と番組の収録で会ったんだけど、野球部で先輩からいかにいじめられたかっていう話になって面白かったな〜。

清原がホームラン打つと、上級生が裏で「コノヤロー調子に乗んな」って説教するんだって。清原・桑田クラスでも、レギュラーになれない上級生からガンガンいじめられちゃうらしいんだよな。それで、怒られないようにライト前にチョコチョコ当ててヒットにしてたら、そのうち外角の球をライトスタンドに持っていけるようになったという話でさ。だから清原は複雑な心境だけど、とりあえず先輩には感謝してるんだってさ（笑い）。

バカなガキには「いじめ」じゃなく「犯罪」と言え

運動部のシゴキに限らず、「いじめ」って言葉を聞かない日はないけど、この言葉の響きが本質を見誤らせてるんだよな。弱い同級生を殴ったとか、恐喝してカネを奪って、ついには自殺に追い込んじまったなんて「いじめ問題」が毎日話題になっているけど、これはもう「いじめ」じゃなくて「犯罪」だろうよ。

「暴行罪」「脅迫罪」「恐喝罪」と、ホントの罪状で呼んでやらないと。これは「犯罪だ」ってことをガキの足りない頭でもわかるようにしてやんないと、また同じことが起こっちまうぜ。

だいたい、なんでニッポンって国は、こんなに物事をオブラートに包んでしまうんだろ。痴漢のニュースだって、「スカートの中に手を入れた」「下腹部にいたずらした」なんて言うけど、要は「性器をなで回した」ってことなんでね。婉曲表現で実態をうやむやにしようって狙いがバレバレだよ。とにかく、くさいモノには全部フタをしちまう。それが「いじめ」ってものを陰湿にしちまってる理由だと思うんだよね。

ずっと昔、もしかしたら人間社会ってものができてからずっと、子供の間で「いじめ」ってのはあったんだと思う。オイラがガキの頃だって、いじめっ子ってのはどこにでもいた。隣の中学には、どこかのヤクザと男と女の関係になったって理由で女番長に君臨してたとんでもないネエチャンだっていたくらいだよ。

でも、暴力はその辺にあふれていたけど「自殺の練習をさせる」とか「死んだスズメを口の中に入れる」みたいな陰湿なことをするヤツなんていなかった。

昔は、猿山の猿みたいにガキの間の序列がハッキリしててさ。一番最初の入学式で、ワル同士がにらみ合ってケンカになって、そこで序列が決まって、あとはわざわざ学校内で弱いヤツをネチネチいじめるなんてことはなかった。

子供たちも、「人類みな平等」なんて嘘っぱちだとみんなよくわかってた。だからこそ、いったん勝ち負けがハッキリしたら、もうそれ以上は相手を追い詰めたりしなかったんだよな。

今の教育は「みんな平等」って表では強調してる。だけど、たとえば全員でリレーをして、負けたのは全員のせいだって教師が言ったって、本当は誰のせいで負けたのかなんて、みんなわかってるわけだからね。その分、いじめの芽は大人の見えないところに隠れちまう。序列が表立ってつけられないから、無抵抗な弱い子を叩いて自分の優位を仲間に誇示しようとする。昔とは逆で、弱い者いじめで仲間意識を確認するってことになっちまってるんだよな。

親と教師の責任は大きい

こんな世の中になっちまった原因は色々ある。さっき言ったように、子供の本質が時代によって急に変わるわけはないから、やっぱり大人であったり社会の責任が大きいと思う。特に教師の権威失墜は深刻だよ。

オイラがガキの頃の教師ってのは、死ぬほど怖い存在だった。ガキ大将がただガキ大将だってだけで、わけもなくぶん殴られたこともあった。それでも昔は絶対親には言わなかったんでね。そんなことしゃべろうもんなら、「またやらかしたのか」って今度は親にまで叱られちゃうというさ（笑い）。

今じゃ、親が学校に文句を言ってくれるから、調子に乗って親に言いつけるし、その結果、教師はガキを叱らなくなる。子供は増長して、教師はナメられ、教育環境はドンドン悪くなる。叱られたことすらない、社会に出ても使い物にならないヤツが大量生産されちまうんだよな。

まァ、とにかく深刻ないじめ問題だけど、政府や行政がどうにか解決策を出してくれるなんて考えてちゃバカを見るぜ。どうやらいじめ問題は、公立の小学校や中学で起こってるケースが多いみたいだけど、政治家やらエリート官僚は、たいてい自分たちの息子を名門私立に通わせてるわけだからね。むごいいじめも「対岸の火事」程度にしか思っちゃいないよ。

私立の場合、「問題を起こすような生徒は辞めてもらう」ってスタンスだから、いじめなんてほとんど起こらない。一方の公立校は「義務教育だから辞めさせられない」ってんで、悪さをするヤツがドンドン出てきてさ。そうなってくるといじめが増えるのは自然なことだよな。子供を私立に通わせられないビンボー人は公立に行かせるしかないわけでね。

東大生を子に持つ親の年収が一番高いって話もあったけど、格差の影響はもう子供の学力だけじゃなくて「いじめに遭う確率」にも影響するという生死に関わる問題になっちまってるんだよな。

東大や医学部に入るのも金持ちの息子、小さい頃から英才教育を受けてスポーツで一流になるのも金持ちの息子でさ。漫才師やコメディアンになるのだって、芸能プロが作ったお笑いスクールに入らなきゃいけないっておかしな時代なんだからさ。で、ビンボー人の子は、勉強もスポーツもパッとせずいじめの恐怖におびえなきゃいけないということでね。

結局、格差社会の一番の被害者は子供たちなんだよ。

高校球児は本当に「郷土の代表」か

この国の教育がいかにキレイゴトで表向きばかりを取り繕っているか、それは夏の甲子園を見ればよくわかる。みんなが、出場している高校球児たちを「模範的な子供たち」「さわやかでひたむき」ともてはやすけど、本当にそうだろうか。

まず「郷土の代表」ってところから、ホントかよって思っちまうもんな。「47都道府県の代表」なんて言うけど、毎回出てくる「常連校」のメンバー見てみりゃ、ほとんど県外から呼び寄せた野球エリートばっかりじゃないかよ。

こないだテレビで選手がしゃべるのを見てたんだけど、東北だかの選手が、もうコッテコテの関西弁をしゃべってやがるんだよな（笑い）。地元の人はそれでも構わねェのかな。

まァ選手も「県の代表でございい」って胸を張るためにはやっぱりその地方の方言くらいマスターするのが人の道だろ。今後、甲子園はＢＩＧ３の英語禁止ホールならぬ「地元方言以外禁止試合」を作ったほうがいいね。郷土の方言以外をしゃべったら、即ワンナウトというさ。

もし東北の代表校の選手がヒットを打って「どや！　やったで〜！」なんてガッツポーズしようもんなら、審判が駆け寄ってきて「アウト！」と宣告するというさ。あわてて「オラやったべな〜」って言い直してももう手遅れだぜってね。

こんなこと言ってると「高校生たちが爽やかに頑張ってるのに水を差すな！」なんていうヤツがいるけど、そりゃ高校生たちは頑張るに決まってるだろって。甲子園のネット裏にはプロや社会人、大学野球のスカウトもワンサカ陣取ってて、ここでいかにいいプレーを見せたかが、将来にかかわってくるわけでさ。プロに行ってカワイイ女子アナと結婚できるか、地元に戻ってプータローになるかの瀬戸際なんだもん。選手たちは別に周りが頑張れなんて言わなくても、そりゃやりますよって。

そもそもなんでこの一番暑い時期に、全国大会をやんなきゃいけないのかって疑問もあってさ。いつだったか、タレントのイベントでファン36人が熱中症で搬送されたってんで批判されていたけど、それなら夏の甲子園だって批判されてもおかしくないと思うけどな。

アルプス席もグラウンドもおそらく40度はありそうな中でやらされてさ。現に水分不足で足がつったり、フラフラになってる選手もいるしさ。危なくてしかたがないんでね。選手や応援する人たちのことを考えりゃ、冷房の効いたドーム球場でやったほうがいいに決まってるじゃねェか。これじゃ公然虐待じゃねェかってさ。まァ、やってる本人たちは甲子園でやることを夢だと思ってるわけだから、そんな風には思わないだろうけど、おそらく外国の人間から見たら理解できないだろうね。

なんでニッポン人ってのは若いヤツラが極限状態で必死になってるのを見るのが好きなんだろうね。冬の箱根駅伝だってそうじゃねェか。結局イチバン視聴率が上がるのは、選手が脱水症状でフラフラになって倒れ込んじゃうアクシデントの瞬間だろ？　あとは時間切れでタスキをつなぐことができずに、選手がガックリと泣き崩れるシーンとかさ。見ているヤツラは「感動をありがとう」なんて寝ぼけたこと言ってやがるけど、要はタダの怖いもの見たさじゃないかっての。

結局ほとんどの人は、エアコンの効いた快適な部屋で、夏の甲子園ならヒンヤリ、冬の箱根駅伝ならポカポカの「絶対安全圏」から選手たちを見ているわけでさ。どうも卑怯な気がするんだよ。

結局「夏の甲子園」ってのは、大新聞が主催して、自分たちで記事にして、各地方で選手たちの家族やら関係者に新聞を買わせようっていうマッチポンプの構造があるわけでさ。いかにも爽やかぶったイメージのウラで、いろんな利権がうごめいてるんだよ。

それをよく覚えとかないといけない。

「才能がない」と言ってやるのも親の仕事だ

体罰、いじめ、いろいろな問題がニッポン中で噴出している一方で、世界を相手にバリバリ活躍してる若いヤツラもいる。

ゴルフじゃ、松山英樹や石川遼が世界のトッププロたちと互角に張り合ってる。あんなうねったオーガスタのグリーンでも、どんどんカップにねじこんじゃうんだから驚くぜ。オイラはホールアウトする自信がないよ（笑い）。プロ野球でも、「二刀流」の大谷や、その同世代たちが結果を残しててさ。

こういう若い人たちがニッポンを元気にさせることには大歓迎だけど、その一方でこの頃じゃ「ウチの子も松山クンや遼クンみたいにさせたい」とか、「小さい頃から息子の才能を伸ばしてやりたい」なんて言って、いわゆる「英才教育」を我が子に施そうって親がドンドン増えてるっていう話なんだよな。

たとえば、小学校に入るか入らないかの頃からゴルフ教室に通わせたり、フィギュアスケートのレッスンを受けさせたりというね。

今のこの国には、「努力すれば夢は叶う」って言葉や考え方が当然のように広まっている。だから親は、一刻も早く子供に夢を持たせて、その道で頑張れってハッパをかけているわけ。だけどそれは、一歩間違えると非常に危うい教育法だと思うんだよ。

3歳の頃からゴルフクラブを握ってりゃ、誰もが松山英樹や石川遼になれるのか。プロゴルファーになれるのか。小学生からずっと毎日汗水たらしてボールを投げ続けてりゃ、大谷みたくなれるのか。プロ野球選手になれるのか。決してそんなことはないだろって。

もちろん、世界で通用する選手を作るには、子供の頃からそのスポーツを叩き込んでおいたほうがいいって理屈はわかる。お隣の韓国だって、国をあげて子供の頃から英才教育を施して、世界で活躍するアスリートを育ててるっていうしね。

でも、松山クンや大谷みたいになれるのは、どう考えたってごく一部なんだよ。子供の頃から英才教育を受けてる人口の１万分の1、もしかしたら１００万分の１にも満たないかもしれないんでね。

忘れちゃいけないのは、テレビに映ることも、新聞に取り上げられることもないけど、ガキの頃から英才教育を押し付けられたのに、プロにも何にもなれなかったヤツラが世の中にはゴロゴロ転がってるってことなんだよ。ダメだと食用にされちまう競馬のサラブレッドと同じで、その道から外れると、どうしようもないことになっちまうのが現実でね。

それでも親は「努力すればきっと夢は叶う」と子供に言い続けるべきなのか。思うような結果が得られなければ、「努力が足らなかったからだ」って子供を突き放してしまうのか。そんな風に親が子供にムリを強いれば、逃げ場がなくなってしまうことぐらいわかるだろってね。「夢」とか「努力」って言葉で、才能がないヤツはいくらやったってダメだっていう真実を、覆い隠そうとしているようにしか見えないんだよ。

もし才能があったって、運が悪くて檜舞台に立てない可能性だってある。それなのに、「夢は必ず叶う」なんて無責任すぎるじゃないかってさ。大人になって、大学を出る頃になりゃ、イヤでも社会の厳しさを知ることになる。そこにきていきなりハシゴを外されちゃうから、社会に背を向けて閉じこもってしまったり、自分の周りの環境に責任転嫁してしまうヤツラが増えてしまうんだよ。

それよりも親にとって大事なのは、夢破れた子供のために逃げ道を用意しておいてやることだね。勘違いしてほしくないんだけど、それはエスカレーター式の学校にやったり、貯金や資産を残してやろうって話じゃなくてさ。人間は決して平等じゃない、努力したって報われないことのほうが多いっていう厳しい現実を、子供の頃から親の責任で叩き込んでおいてやるってことなんだよ。

オイラがガキの頃は、自然にそうだった。ウチの近所なんて、「学者になりたい」って子供には「無理だよ、お前バカなんだから」で終わり。そういう毎日だから、子供はおのずと自分の「分」をわきまえることを覚えていったんだよ。

今じゃ世の中豊かになって、たいがいのものは手に入るようになった。それで、子供も世の中も、「努力すれば夢は叶う」と勘違いしてしまったのかもしれない。でも本当は「努力すれば叶う夢もごくまれにある」ってことなんだよ。

男ってのは、自分には才能がないとわかってからが勝負なんじゃないか。親父にできるのは、いつか子供がうまくいかずに傷ついた時に、それでも生きていけるような強い心を育ててやること。だから、子供の心を傷つけることを恐れちゃいけないと思うんだ。

子供の漫才には一番大事な「味」がない

まァ、オイラはそもそも英才教育なんてものはすごく限定的なジャンルにしか通用しないもんだと思ってる。スポーツや、芸能でも楽器演奏みたいな音楽分野とかダンスぐらいじゃないかってね。

愚の骨頂は、ガキにやらせる漫才や落語だな。台本みたいなもんを丸暗記してしゃべらせたって、それは芸じゃない。ガキがやってるから、客も「かわいい」って笑ってくれるだけでね。

同じ演目をやったって、同じセリフをしゃべったって、その人の個性で笑わせることができるのが、本当の芸なんでね。芸人の「味」っていうのは、人生でいろんな回り道をしたりして年齢を重ねないと出てこないもんなんだよ。

やっぱり、みんなニッポンの将来にも、自分の子供の将来にも不安になってるわけでね。だから「教育」ってものをみんなが本気で考え始めてるわけでさ。

それなら「夢を持ってないことはいけないことだ」なんて、押しつけはやめたほうがいい。普通に働いて、結婚して子供を作って、普通に死んで行くってことが、いかに大変で素晴らしいことかって教えたほうがいいと思うんだよ。そんな当たり前の生き方を、どこかでバカにしてきたヤツは多いんじゃないか。

もう一度、ニッポン人は自分の足下を見つめ直すときにきてるんだよ。

「30歳を過ぎた息子」に親の責任はあるのか

子供の教育に親の役割はもちろん大事なんだけど、その一方で、大人になった息子や娘のことに、親が責任を負うべきというこの国の風潮もなんだかヘンだと思う。ＴＢＳの朝の顔だったみのもんたが、テレビ局員の次男がキャッシュカードの窃盗未遂で逮捕されちまって『朝ズバッ！』を降板することになっちまってさ。

みのさんは会見で「30過ぎて子供がいる男に、親が責任をっていうのはいかがなものか」なんて話して叩かれていたけど、こういう事件が起こると必ず「親はどういう育て方をしてたんだ」ってことになるんだよな。「子は親を映す鏡」で、親の教育の至らなさのせいでそうなったって言わんばかりなんだけどさ。

こういうとき、「正論」を言うことが必ずしも「正解」とは限らないってのが難しい。「30歳を過ぎた倅《せがれ》の責任まで、親がとる必要があるのか」ってのはまさしく正論だし、オイラだってそう思う。だけどそれはまさに「言わない約束」で、「それを自分で言っちゃおしまい」ってことがある。心の中ではいろいろと思うところがあっても、あえて頭を下げていれば、周りがいつか「それはおかしいんじゃないか」って言ってくれるわけでね。

オイラ、こないだみのさんのこの一件をカミさんと話したんだよ。「ホントに芸能人の子供ってのはしっかり育てないと大変なことになるぞ」みたいなことをオイラがボソッと言ったんだけど、そしたらカミさんから〝倍返し〟で反論されたんでね。

「アンタは自分が捕まっといて、子供の辛さをわかってんの！」

「この前科者！　子供のせいで親が迷惑だなんてお前が言えた話じゃない」

ってさ。そりゃそうだ。もう「何も言えねェ」って話だよ（苦笑）。オイラが昔、「フライデー」の事件を起こした時は、子供はまだ小さくて、カミさんもさぞかし大変だっただろうってね。

まァ、芸能人の子供の事件といえば子供がクスリをやっていた三田佳子に、なべおさみの息子（なべやかん）の替え玉受験やら、なんだかんだとあるけどさ。オイラの場合は、当の本人がトンデモないヤローで、家族のほうが迷惑を被ってるというケースなんでね。

そういう意味じゃ、オイラはつくづく運がいいよ。自分が前科者で子供がグレたり何かやらかしても全く文句は言えねェ立場なのに、幸運なことに子供たちは問題も起こさずやってくれてるんでさ。

ということは、親の教育が子供の素行に与える影響ってのは、ホントは極めて限定的なもんかもしれないぞってさ。まァ、こういうのを「反面教師」って言うのかもしれないけどね。別にみのさんをフォローしようなんて気はさらさらないけど、おかげでオイラの場合は、肩身が狭くて家に帰りづらいってオチなんだよ。

だけど、こういう時の「芸能人の謝り方」ってのはイマイチよくわからない。普通の人間が罪を犯した時に親がマスコミの前に出ていく必要はないわけでね。たとえば電車やバスの運転手が事故やミスを犯したときに、親が出てきて謝るってことはない。出ていくのは、やっぱりその企業や運営母体のトップだよね。それなのに、芸能人の場合だけ、身内の不始末を謝らなきゃいけないってのはなんなんだろ。たとえばこれが「親戚のおじさんが起こした事件」だったら、芸能人は謝らなくてもいいの？　たとえば親だったらどうなのかね？　最近は高齢者の万引きが増えてるっていうし、そういう可能性だってあるだろって。

大体こういう不祥事があると、その後の謝り方ってのがいつも問題になるんでさ。この際、「こういう場合は誰が謝るのか」って明文化しておいてほしいもんだよ。

「芸能人の子供が犯罪をした場合、子供の年齢が○歳までは謝る」

「芸能人本人のスキャンダルはその妻が謝罪する」

なんてね。

みのさんは今回の件で、報道番組には出ないって決めたわけだけど、そりゃやりづらいよな。今後は正義を振りかざして発言できなくなっちゃうしさ。特にみのさんは、ズバズバ言うタイプだったからなおさらだよね。

オイラなんて、自分がスネに傷ある身だってよくわかってるんで『ニュースキャスター』なんて番組をやっててもマジメなことは言わないんだよな。自分で自分に「お前がそんなこと言えた柄か」ってツッコミを入れてしまうんでね。

だから上から目線は絶対しない。常に「オイラはしょせんお笑い芸人なんだ」ってスタンスだからなんとか続けられてるって話でさ。いくらニュースをやっててもオイラは「お笑いの人間」って領分を越えちゃダメだってことなんだよな。ジャン、ジャン、ジャン！

第5章

「話題の芸能&スポーツ」一刀両断

オセロ中島ほか「芸能界はフェイスブック芸人」ばっかりだ

最近、役者とかお笑いとか歌手みたいな実体のある仕事を全くしていないのに、プライベートをドンドンさらけ出すことによって露出を増やしてる妙なタレントが多いよな。あえて誰とは言わないけど、映画の試写会やイベントのオープニングセレモニーに呼ばれて自分の私生活について答えたり、他人のスキャンダルについてテキトーな感想を述べるだけで食いつないでるヤツラだよ。で、テレビのほうもそういう人たちをなぜか重宝してるって構図があってさ。

オイラは最近これを「フェイスブック方式」と呼んでるんだよね。

ネットに詳しいワケじゃねェからおおざっぱな解釈だけどさ。フェイスブックってのは、知り合いのプライベートを覗いている人に対して、その情報の脇にある広告（バナー）を見せることで儲けるってシステムだろ。タレントを試写会に呼んでプライベートを語らせて、その脇に映画やＤＶＤ、イベントのポスターを置いて宣伝するっていう手法は、それと全く同じに見えるんだよな。

その点、本人が望んだのかどうかはわからないけど、「プライベートのトラブル」でここ最近で一番恩恵に与《あずか》ったのが、知り合いの占い師に洗脳されたと騒ぎになったオセロの中島知子だろう。しばらくしてテレビのインタビューに答えて、「マインドコントロールされてません！」「(女占い師は）友達です」「ムダ遣いや焼肉のバカ食いも私が率先してやってた」みたいに反論したかと思えば、所属事務所に解雇されて失踪しちゃうという見事なストーリーでさ。世の中、中島の洗脳騒ぎなんてとっくに忘れかけてたのに、結局あのインタビューを受けたことで、「あァ、やっぱりこの人まだまだマインドコントロールされてるんだ」って思わせちまったわけだからね。どうも中島が自分の「ニュース価値」の延命に走っただけのように見えちまうんだよ。

疑り深いオイラから見りゃ、全部芝居じゃないかって思えるほどだよ。結局、ヌード写真集まで出しちゃったわけでね。

だいたい、この中島ってのは元気に芸人をやってた時より、洗脳後のほうが世間の話題の中心にいるわけだよ。マスコミや国民にとっちゃ「芸人・中島」より「マインドコントロールされた中島」のほうがニーズがあるってことなんだってての。

また時間が経つと、顔にセロハンテープ貼って現われたり、また激太りして「占いサービス付きの焼肉屋の経営を始めた」とか言って話題作りするんじゃないか。不倫したり結婚したり子供が生まれたりをアピールしてテレビに出続けるタレントと根っこのところじゃ全く一緒だよ。だいたい「中島」って言われたって誰のことだかわからないから「オセロ中島」って呼ばれてるわけでね。いまや芸能界はニュースになるなら何だってやる奴らの集まりなんだから気をつけないとな。

だけど、もしこのオセロ中島と、中島をマインドコントロールしたという女霊能者、そしてあの練炭変死事件の木嶋香苗が3人でスナックでも開けば大繁盛間違いなしだね。流行の言葉でいえば「最強コラボ」だよな。デブ専だけじゃなく、人生に迷った男が次々と訪れて貢いでいくというさ。確実に儲かるはずなんで、オイラが出資してやろうか。アガリの半分はこっちによこせってことでね。

看板メニューは練炭で焼く焼肉でさ。この店で常連と認められるためには、毎日通って焼肉を食って、一時のオセロ中島と同じくらいブクブクに太らなきゃダメだってオチなんだよ。

木嶋香苗は最近、セックス描写満載の小説を書いてるんだって？ それよりオセロ中島の霊能者と組んで、「デブでもブスでも男を虜《とりこ》にする方法」って本を書いたほうが売れると思うけどな！

「ネットで自己アピール」なんてウソに騙されるな

フェイスブックといえば、三鷹の女子高生刺殺事件はさすがに悲惨だった。加害者は元彼氏だったっていうんだけど、ネット上で恋人を作るっていうのは正直どうかしてると思う。静止画像やプロフィールなんかで、その男が信頼できるかどうかなんてわからない。いくらでもウソで取り繕えるもんな。実際に会ってみて、表情や仕草を見て、それではじめて「信頼できるか」って判断できるわけでね。写真じゃイケメンでニコニコしてても、実物を見りゃ目が泳いでいたり、神経質に貧乏揺すりしてなんだかおかしいぞってことがよくあるわけでさ。

美人の女の子がネットに自分の顔を晒してたら、そりゃ悪い男が寄ってくるに決まってる。この世の中、ネットでうまく自己主張できるヤツが偉いみたいな風潮になってるけど、そんなもんウソだよ。一般人は、ネットに情報が漏れるのをいかに防ぐかを考えたほうがいい。

もっと信じられないのが、店の従業員にクレームをつけて土下座で謝罪させて、それをネット上にアップするヤツだよ。

最近、「自分が勝った」と思った瞬間に、相手をトコトン叩きのめしてやろうという感覚の人間が増えたような気がする。自分のほうが有利だとわかった瞬間に居丈高になるんだよな。

スキャンダルを起こした有名人をネットで批判するヤツラもそうだ。絶対安全圏から、どん底に落とすまで叩きまくる。「もうサンザンな目に遭ってるんだから、この辺でいいじゃないか」とか、「もうこっちの勝ちは決まったから、それ以上ボコボコにする必要はない」なんて感覚はないんだよな。

人間、自分が圧倒的に優位な立場にいるときに、相手にどう振る舞うかで品性みたいなものがわかる。「溺れた犬は叩け」じゃないけど、弱ってる相手、弱い立場の相手をかさにかかっていじめるのは、とにかく下品なんだよ。

『半沢直樹』の「倍返し」っていうのも考えもんだよ。こっちの勝ちが決まってるのに、あえて土下座までさせる必要はない。「倍にして返せ」っていうのは、いわばヤクザの論理だからね。オイラはそうはなりたくないよね。

富士山は「世界文化遺産」を喜んじゃいけない

富士山が世界文化遺産に登録されたってのも大きなニュースになったね。それ以来、夏には登山客がおおぜい押しかけてるっていうんだけどさ。

でもさ、日本にはもう17も世界遺産があるんだろ？ 17の世界遺産を全部知ってるニッポン人なんてほとんどいないだろうし、そこまで価値があるのかな。

別にそこまで大喜びしなくたっていいし、「世界遺産に選ばれようが選ばれまいが富士山は富士山だ」ってデーンと構えてればいいじゃねェかって思うんでね。

世界遺産もあんまり数が増えちゃうと「モンドセレクション金賞」みたいになっちゃうぞ。そのうち「えっ、それって凄いの？」なんて言われちゃってさ。

それよりいっそニッポン全体を世界遺産にしてもらうわけにはいかねェかな？ そし

たら誰もポイ捨てしなくなって街中キレイになったりして。それが無理なら足立区だけでも世界遺産にしてくれって（笑い）。東京中からバカにされてるのに、一気に「住みたい町ナンバーワン」になったりしてさ。

辛坊治郎さんは「辛抱」するしかない

でも、マジメなことをいえば富士登山ってのはハードなことでね。初心者がテキトーな準備で登ろうとしたら遭難者がウジャウジャ出て、大変なことになるんじゃないか。

遭難といえば大変だったのが、ニュースキャスターの辛坊治郎さんだよ。

全盲のセーラーマンと一緒に太平洋横断しようとした矢先に、ヨットが浸水して遭難しちゃって、海上自衛隊の救難飛行艇に命からがら助けられたっていうんだけどさ。まァ無事で何よりなんだけど、一方じゃ救助にかかった4000万円ともいわれる費用は税金から出てるってことで、ニッポン中で「自己責任論」が巻き起こったというね。

こういう時は何を弁解してもダメ、とにかく頭を下げて黙っているしかないんだよな。キャスターに戻っても悲惨だぞ。何を言っても恥ずかしいことになっちゃうんでさ。

「もっと綿密な計画を練るべきではないでしょうか」

「お前が言うな！」

「防衛費を圧縮すべきではないでしょうか」

「お前が言うな！」

「小さい政府を目指すべきですね〜」

「お前が言うな！」

って、何を言ってもツッコミが入っちまうというさ。

「何も言えない」といえば、タレントのローラもそうだよな。

「おバカ」「天然キャラ」で売ってたのに、バングラデシュ人の父親が国民健康保険の海外診療費をだまし取る知能犯だったっていうんだからさ。

結局今のタレントの厳しいところは、こういうスキャンダルひとつで全てを失いかねないってことだよな。似たようなキャラクターのタレントはいっぱいいるんで、いくらでも替えはきくわけでね。本人がやらかしたことならともかく、家族の件でそうなっちまうのは辛いよね。「たけし軍団」だって、家族がいろいろやらかしたってヤツはいるぞ。だからって本人には関係ないだろってさ。

矢口真里は「間男コンサルタント」で復帰せよ

「寝室連れ込み不倫」の矢口真里もすっかり見なくなっちまったな〜。

みんな知ってると思うけど、ダンナのいないうちに家に男を連れ込んで、一発で離婚にまでなっちまったというあのスキャンダルの件だよ。もう当時はテレビも雑誌も大騒ぎで、『アサヒ芸能』なんて、矢口のことを「メイク・ラブマシーン」と命名しちまったという悪ノリぶりでさ。「モー娘。」が久しぶりに意外な形で脚光を浴びちまったというオチなんでね。オイラもソッコーで『LOVEマシーン』の替え歌を思いついちゃった。〝モーニング娘。はWOW・WOW・WOW・WOW・WOW♪　不倫の現場も家・家・家・家〜♪〟ってね。バカバカしいったらないよ。

『ニュースキャスター』もこの不倫話のおかげで視聴率がグンと上がってね。もう矢口サマサマだよな。ぜひお礼にコンドームを段ボール箱でドッサリ送ってやろうかって話だよ。

その時の番組じゃ、矢口に便乗して「もし間男に遭遇したらどうする？」ってネタをやってさ。

「いっしょにベッドに入って３人でやる」

「嫁サンと間男を見ながらオナニーする」

「１回ウン万円と書いた値段表をそっと壁に貼っておく」

とかムチャクチャ言ってさ。もう大笑いだよな。

最近、矢口は無期限活動休止を宣言したんだっけ？　矢口は早くお笑い芸人として再起したほうがいいよ。ネタの最後に「ベッドにおいで！」っていうだけでドッカンドッカンとウケるんじゃないの。

それがダメなら「不倫コメンテーター」か「間男コンサルタント」で再出発だな。

「そういう所から不倫はバレるんですよ！」

「そんなことじゃ間男失格です！」

と、芸能人の不倫スキャンダルをバッサバッサと斬りまくるというさ。「お前が言うな！」の逆で、これほど説得力のあるキャスティングはないよ。

矢口よりよっぽどヤバイ「オイラのコスプレ間男事件」

まァ、こうやって矢口をネタにしちゃいるけど、実はオイラも若い頃に「修羅場」を経験したことがあってね。

学生の頃、当時ちょっとつき合っていたオネエチャンがいて、「両親と兄弟が九州の田舎に帰って、家族が全員留守になるから遊びに来て」って誘われたんだよ。で、もうワクワクしてすっ飛んでいったわけ。

そしたら、その子の家はけっこうな金持ちでさ。きょうだいひとりひとりに部屋があってね。誰もいないもんだから、中学生の弟の部屋にコッソリ忍び込んで、「おっ、学生服があるぞ」って着てみたり、次は高校生の妹の部屋のハンガーにかけてあるセーラー服を、「ちょっとお前着てみろよ」ってそのオネエチャンに着させたりしてさ。

ふたりして学生服とセーラー服姿でイチャイチャしてるうちにヘンな雰囲気になってきてね。「たけし先輩！　私ずっと好きだったの」みたいなコスプレが始まってさ。

「もうガマンできない！」ってバッとオネエチャンに覆い被さっていい感じになったと

ころで、「ガチャ！」って玄関のドアが開いて、突然家族が帰ってきたんだよな。羽田で飛行機に乗り遅れたとかで、「行くのは明日にした」って戻ってきちまったんだって。それじゃあ流石にオイラも逃げられないんでね。「すんません、お邪魔してます……」って学生服姿で頭を下げてさ。

「お姉ちゃんたら、あたしのセーラー服着てるう～」とか、「なんで僕の学生服を知らないお兄ちゃんが着てるんだよ～」なんてガキどもに騒がれて、もう恥ずかしいのなんのでさ。一方で、向こうの両親の顔は引きつってやがるしね。あれは今思えば相当の修羅場だったなってね。

まァ、間男ってのは世の中に結構いるもんなんだよ。

昔、夜中に新大久保あたりのマンションの前で友達と待ち合わせしていたら、パンツ一丁で靴と上着を持ってトコトコ非常階段を降りてくるヤツを見たことがあるよ。西麻布の海老蔵事件のウン十年前だぜ。時代の最先端をいってるよな（笑い）。

もっと笑ったのは、オイラの友達の話でさ。ある夜カミさんと２人で飯を食ってたら、ベランダで「ドン！」という音がして、素っ裸の男が落ちてきてさ。

で、ベランダを開けてそのまま中に入ってきて、飯を食ってる横をパアーっと走り抜けて、玄関のドアから外に逃げてったんだって。どこかマンションの上の階から逃げてきた間男だったんだよな。

安藤美姫の「娘の父親」は、ビッグダディじゃないの？

フィギュアスケートの安藤美姫の話題も、矢口に負けず劣らずの盛り上がりだったね。13年4月に極秘出産して、「子供の父親は誰だ」って大騒ぎになったあげく、今でも誰だかわかってないっていうんだけどさ。

同棲報道がある南里康晴ってスケーターが父親だとか、子供の名前が「ひまわり」でそれがロシアの国花だから元コーチのモロゾフじゃないかとか、何が本当なんだかよくわからない話になっているんだよな。

安藤だって、「父親の名前は言えない」なんて言えば大騒ぎになることはわかってただろうにさ。芸能マスコミからしてみりゃ「詮索してくれ」って頼まれてるのと同じだぞ。本当に静かに見守っておいてほしいんなら、安藤はウソでもいいから「精子バンクで精子を提供してもらった」ってことにすればよかった。そうすりゃ話は終わりじゃないかってね。

だけど安藤もビックリしただろうぜ。世間は普段「スポーツは素晴らしい」「感動をありがとう」なんてキレイゴトばっかり言ってやがるのに、一皮剥けばやっぱり下世話な話のほうが大好きだったわけだからさ。安藤が金メダルを獲るとか、４回転を跳べるのかなんてことより「誰とヤッたのか」ってことのほうが気になるのが真実なんだよ。

きっと芸能界には悔しがってるヤツがいっぱいいるぞ。不倫や結婚、離婚ネタでワイドショーに出る以外にはまったく見かけないタレントからしてみりゃ、完全にお株を奪われたわけなんだからさ。そいつらからしてみれば、安藤はこれ以上ない「カネのなる木」をゲットしたように見えるだろうね。「父親の正体を独占告白」となりゃ、きっと億のカネを積むメディアだって出てくるぞ。

だけどこれだけ引っ張っておいて「父親はフィギュア関係者」っていうんじゃ、ちょっとつまらないよね。もっと意外な男だったら面白いよな。市川海老蔵だったら盛り上がるぞ～。上原謙はもう死んでるか（笑い）。

旬なところじゃ、テレビで大人気の「ビッグダディ」だよな。あの子だくさんのオッサンがなぜか突然「すみません、やっぱり私は百発百中でした」「コンドームは付けない哲学なんです」と名乗り出るというね（笑い）。しまいにゃ島田洋七やらビートきよしさんまで「私が父親です」と手を挙げてさ。バカヤロー、もう完全な売名行為というオチなんだよ。

テレビのプロデューサーなんてみんなスケベに決まってる

他に色がらみの芸能スキャンダルといえば、『NEWS ZERO』で人気の山岸舞彩という女子アナが番組プロデューサーからセクハラを受けて、そのプロデューサーが番組を更迭されたというニュースもあったね。

まァ、テレビのプロデューサーなんてのは、きれいなオネエチャンに目がないもんだと相場は決まってるんでね。いまや、民放どころかNHKの女子アナだって美人揃いだし、地方局だっていい女が揃ってるわけだからね。いまやブサイクな女子アナなんて、北朝鮮にしかいないってことでさ。こんなセクハラ話は、表沙汰にならないだけで他にも結構あるんじゃないか。

テレビのプロデューサーやディレクターが、現場で女とデキちまったら、周りにはすぐわかるね。大体、女のほうの態度でわかるんだよ。前日まで「○○さん」って呼んでいたのに、ある日を境に「ねェ、○○りん～」なんて呼び始めるんだからね。

昔、オイラがあるオネエチャンと付き合っているときに、若い頃のラッシャー板前が付き人についていたんだけどさ。そのオネエチャン、最初は「ラッシャーさん」って呼んでいたのに、いつの間にか「ラッシャーくん」って呼ぶようになって、最後は、「おい、ラッシャー！」って怒鳴りつけてたんだからね。で、ラッシャーも「はい、姐さん」と答えたという情けないオチなんだよ。

まァ、女ってのは付き合う男で相手を見定める怖い生き物なんでさ。不倫は楽しいかもしれないけど、相手を間違うととにかく痛い目みるぞっての！

そうそう、『週刊ポスト』は自民党の代議士の佐田玄一郎サンに謝らなきゃダメだぞ。『ポスト』が「死ぬほどセックス」とか「80歳まで生涯現役！」とか「もう一度だけでいい、20代を抱いて死にたい」なんて焚きつけるから、ハタチの女子大生に手を出しちまったんじゃないか（笑い）。

まァ、オイラが言えた義理じゃないけどさ。オネエチャンに4万円渡して買春をしたってのはマズいんだろうけど、ポスト的にみりゃ「でかした！」ってのがスジじゃねエか。ニッポン中のメディアが叩いても、『ポスト』に叩く資格はないぜってね。

プロ野球は「飛ぶボール」よりまず「金属バット」に統一を

プロ野球じゃ、「飛ぶボール」問題ってのもあったよな。飛ばないはずの統一球が、いつの間にか「飛ぶボール」になってたっていうプロ野球の統一球隠蔽問題だけどさ。結局、加藤良三コミッショナーも辞めちまったけど、あまりにお粗末だったよな。

さすがにボールが変わったのをコミッショナーが知らないってのはおかしいよ。「加藤良三」って自分の名前がボールに印刷されてるのに、あまりに恥ずかしいじゃないかってさ。よりによって、このシーズンにヤクルトのバレンティンが年間60本のホームラン記録を作っちまったんだからさ。55本の記録を持ってる王さんは本当は内心怒ってるんじゃないのって勘ぐっちまうよな。

オリンピックじゃ記録を0・01秒短縮したとかいってるのに、ホントに野球ってのはおおざっぱだよな。

だけど、ボールより野球にはもっと統一するべきことがたくさんあるよね。各球場の広さだって違うし、バットだって規格はあっても長さも太さもマチマチなんだからさ。いっそのことみんな同じサイズのバットに統一したほうがいいんじゃないの。

あとは右バッターのハンデも問題だよ。どう考えたって左バッターのほうが一塁に近いし、スイングしたままの流れで走り出せるだろって。もしイチローが右バッターなら、内野安打は今の半分になっちまうんじゃないか。もともと野球ってのは不公平なスポーツってことなんだよな。

プロ野球なんてドンドン人気がなくなってるんだから、ホームランが出る工夫をするのは悪くないと思うけどね。統一バットを「金属バット」にすりゃ、ホームラン数は激増してそりゃ盛り上がるぜ。バスケットボールの3ポイントみたいに、120メートル超のホームランは2点、場外ホームランは3点なんてね。

「三振したら守備側に1点」ってのもいいよな。バッターは初球から必死になるし、ピッチャーのほうもやる気が出て、ゲームがドンドン面白くなるはずだぜってさ。

まァいずれにせよ、ボールに入ってるコミッショナーのサインはとったほうがいいね。この際スポンサーを募ってさ。そのうちボールに「ユニクロ」なんてロゴが入るようになるというさ。

「懸賞金制度導入」もいいな。9回裏サヨナラのチャンス、バッターは巨人の阿部なんて時には、「永谷園」なんて旗がウン十枚もダイヤモンドを一周してさ。バッターは力が入って仕方がないというね。

で、スタンドの看板にはグラビアアイドルのオネエチャンのデッカイ写真を貼ってさ。ホームランの打球が看板にあたるたび、ビキニのブラ、パンティと脱いでいくって野球拳みたいな仕掛けにするの。スタンドのオヤジたちは大盛り上がりだよ。

王さんは記録を更新されて「伝説」になる

バレンティンのホームラン年間60本やら、今シーズンのプロ野球は、ニッポンでもアメリカでも記録ラッシュだよな。東北楽天の田中将大の連勝記録に、イチローの日米4

000本達成とかね。

だけど、バレンティンが王さんの55本の記録を更新しようかって時に、「いかがなものか」って意見がいまだにあったのには驚いたね。まァ、「敬遠策で記録妨害」みたいな恥ずかしい真似がなかったのは良かったけど、かたやイチローがメジャーで記録を作ったりすれば大喜びしているのに、ニッポン国内の記録だけは「よそ者に獲らせたくない」っていうんじゃ、島国根性丸出しだろってさ。

そもそも、王さんの記録が頻繁に更新されるようになったほうが、かえって王さんという選手の価値は上がるんじゃないかってオイラは思うけどな。

ベーブ・ルースだってそうだろ。この人のホームラン記録が塗り替えられたからって、その偉大さやネームバリューは全く衰えていないしね。ハンク・アーロンが通算ホームラン記録を塗り替えた頃は、黒人差別の問題もあってブーイングも上がったんだろうけど、その後にマグワイアやバリー・ボンズが年間記録を塗り替えたって、やっぱり皆が最初に思い出すのはベーブ・ルースなんでさ。王さんも、記録更新によって「伝説」というか「歴史の一部」に格上げになる気がするよな。

記録の話をすると、もうひとつ問題になるのが「ニッポンとアメリカでの記録の重み」の話だよな。

メジャーで4000本を打ってるピート・ローズが、イチローの日米4000本に「価値が違う」って文句を言ってたみたいだけど、事実、それがメジャーの人たちの考えでさ。

ニッポン人の記録がメジャーでも正当に評価されるようになるには、逆に外国人選手がガンガン日本記録を更新するようにならなきゃおかしいんだよな。

まァイチローの場合は、ニッポンよりもメジャーでのほうが多く打ってるんだから、問題ないと思うけどさ。最近のイチローはなんだかアスリートというより宗教家とか修行僧みたいだよね。白髪交じりの坊主頭といい、贅肉一つない体といいさ。

ニッポンでは何本かしかヒットを打ってないのになぜか日米2000本安打を打って名球会の資格があるというヤンキースのソリアーノにも笑ったよな。おそらく名球会のお歴々は、そういう「逆パターン」を想像もしてなかったんだろうね。張本勲さんあたりが、ソリアーノに「おめでとう、これで君も名球会のメンバーだ!」「光栄に思いたまえ」って声をかけたりしたら笑うぞ。ソリアーノだって、キョトンとするしかないぜって。

まァこの事実ひとつを見たって、ニッポンがメジャーと肩を並べたなんて到底言えないってことなんだよ。ニッポンの選手がメジャーに行けばやっぱり成績は落ちちゃうし、野手に至っては、マトモに通用するのは数えるほどしかいないんでね。

だからマー君も、ニッポンの連勝記録なんかより、早くメジャーで活躍するところを見たいよな。やっぱりピッチャーってのは「旬」を外すともう見る影もなくなっちまうんでさ。江川卓だって、一番良かった全盛期は高校・大学で、「巨人に入りたい」「空白の一日」なんてやってる間に、いつの間にか一番大事な時期をムダに過ごしてたんだよな。とにかくピッチャーは、自分の売り時ってのをよく考えたほうがいいぜってね。

なんとか頑張ってほしいのは松坂大輔だよ。メッツで投げてるのを見ても、ちょっと状態はよくないよね。13年シーズンの最後は3連勝したけど、素人目に見たって、右肩が下がってあんまりいいフォームじゃない感じがするしさ。あれだけ実績のある選手なんで、どうにか完全復活してほしいもんだね。

ONとBIG3はいい時代を生きた

野球選手にしても、芸能人にしても、もしかしたら活躍できるかどうかには「生まれてきたタイミング」ってのが大きいのかもしれない。

オイラだって今の時代に若手芸人だったら埋もれてた可能性あるもんな。オイラが最近、日曜日の夜にやってた『北野演芸館』を観てみろよ。最近の若い奴らの漫才はみんな上手いし、実力だけならオイラたちがやってた頃よりゼンゼン上なんでさ。

オイラやタモリ、さんまなんてのは芸人としての盛りの時期とテレビの黄金時代がバッチリ重なってたからね。だからみんな「いい時代」を生きてこれたんだよな。その点は感謝するしかない。これって、もしかしたらプロ野球と長嶋さんや王さんの関係に近いのかもしれないね。

だから野球にしたって、芸能人にしたって、今の若い奴らはオイラたちの時代とは違う売り方を考えていかなきゃならないんでさ。

まァ、野球は万国共通だからニッポンで凄い奴はメジャーに行っても通用するわけだけど、お笑い芸人の海外進出ってのは厳しいよね。歌手や俳優ならまだ何とかなるけど、「笑い」ってのは一番言葉と文化の壁によるハードルが高いんでさ。英語がジャンジャンしゃべれなきゃいけないし、アメリカに暮らしてない奴が、アメリカ人に受ける笑いなんて作れっこないわけでね。将来性のない職業ナンバーワンなんだけど、それでもやってやろうっていう若手はあの手この手でやってくるから楽しいぜってさ。

もし長嶋さんがメジャーに行っていたら

野球の話に戻るけど、オイラの興味は、あの長嶋茂雄さんがもしメジャーに行っていたら、一体どれくらい活躍したんだろうってことだよな。当時のニッポンとアメリカの実力差はとんでもなく大きいだろうから、「おそらく通用しないだろう」ってのが冷静な意見なんだろうけど、青春時代の最大のアイドルが長嶋さんだったオイラは、そうは割り切れないんだよな。長嶋さんのあの性格だから「強い敵」に燃えに燃えまくって、ニッポン以上のとんでもない成績を残したんじゃないかってさ。なんたって、あの世界のカール・ルイスに「ヘイ！　カール」と突然呼びかけた男だからね。メジャーに行ってもアメリカ国民に愛されたんじゃないか。「鯖《さば》」を説明すりゃ「さかなへんにブルー」だし、寿司屋じゃ板前に「ヘイ、シェフ！」って呼びかけちまうしさ。巨人の監督時代は、ガルベスを「ヘイ、ドミンゴ」ってマルティネスと同じ名前で勝手に呼んでたっていうしね（笑い）。この人だったら、言葉の壁なんてまったく苦にしないぜっての。

まァ、長嶋さんがニッポンにとどまってくれたおかげでオイラたちは勇姿を見続けることができたんだから、やっぱり国内にいてくれてよかったのかもな。

オイラだから知っている「長嶋茂雄伝説」

せっかくだから、オイラが大好きな長嶋さんの話をしようか。もう思い出すだけで笑っちまうネタみたいな本当の話がいっぱいあってさ。

まずは「ゴルフ場事件」からいこうか。

オイラが、例のあの事件で謹慎してる間、長嶋さんが「タケちゃんを励まそう」っていうんでゴルフに誘ってくれたんだよ。こっちは憧れの「ミスタープロ野球」とラウンドするっていうんで感謝感激でさ。もうガチガチに緊張してゴルフ場に出かけていったんだよ、そしたらその朝、長嶋さんが先に着いていて、オイラを見つけるなり「おやタケちゃん、今日は誰と回るんですか〜」だって（笑い）。思わずひっくり返ったんでさ。そんで、スタート前にクラブハウスでコーヒーを飲んでたら、長嶋さんが「あ、ゴメン、ゴメン！ 僕が誘ったんだよね」だって。

で、ようやくスタートとなって、1番ホールのティーグラウンドでティーアップしてオイラがアドレスしたら、あんまりモジモジしてるもんだから、「タケちゃ〜ん、アドレスの時は落ち着いて構えたほうがいいですよォ〜。アドレスはパッと決めてパッと打ったほうがいいんだから」ってアドバイスしてくれたんだよな。なんせあの長嶋さんの言葉だから、オイラももう言われたとおりにやったんだよ。

そんで、長嶋さんの番になってアドレスに入ったら、長嶋さんはオイラより激しいワッグルで、もうグルングルンとクラブのヘッドが回ってんだよ。あんたのほうがよっぽど落ち着きがないよってね。ヘッドをグルングルン回して、突然振り上げてバシッて打つんだからさ。でもやっぱり勝負の星の下に生まれてきたっていうか、ここ一番のパットじゃ、ロングパットがポコポコ入るんだよ。グリーンの端から端までっていう超ロングパットだって簡単に入れちゃうし、あれも動物的なカンなのかってさ。

で、その帰りには、ゴルフ場の出口で「山芋事件」ってのが起きてさ。長嶋さんが東京からゴルフをしにくるからって、近所の農家がやたら長い山芋をお土産に持ってきてくれたんだよ。「これだけ長い芋はそう取れないんですよ」って胸を張ってさ。

そしたら長嶋さんは「どうもありがとう」って言って、長い山芋をいきなり膝でポキッと折って車のトランクに放り込んじゃったんだよな。もうオイラもアングリ開いた口がふさがらなかったってオチなんでね。

まだまだ面白い話があるんだぜ。「雨の日のトライアスロン事件」だよ。ある日、長嶋さんがトライアスロン大会のスターターを務めたんだけどさ。

だいたい、マラソンやらトライアスロンの大会のスターターってのは、ピストルを持った右腕を高く掲げて、その右腕で右耳をふさいでピストルの音から鼓膜を守るんだよな。

だけどその日はあいにく雨が降ってたもんで、長嶋さんは右手にピストルを、左手に傘を持って壇上に上がったんだよ。

そしたら長嶋さん、何を勘違いしたのか、傘を持った左腕のほうで左耳をふさいでさ。右手のピストルの引き金を耳元で「パーン！」と引いちまったんだよな。長嶋さんは面食らって、その場に「ウ～ン」と倒れ込んじまったの。

ネタだろって？　バカヤロー、本当だっての！　そばでラグビーの松尾雄治が見てたんだから（笑い）。

で、また別のトライアスロン大会でもスターターをやったんだけど、今度は間違えないぞってことで、きちんとピストルを持った右腕で耳をふさいだんだよな。だけど、引き金を引いたらピストルの調子が悪かったのか、なぜか「プシュッ」と音がしただけで号砲が鳴らなかったんだよ。

そしたら長嶋さんはそばにあったマイクを取り上げて、口で「よーい、ドーン！　ドン！　ド～ンったらドーンですよ～」と言ったというさ。

長嶋さんの全英オープンのゴルフ中継も爆笑だよ。風は「アゲインストですね」って、芝をむしって視聴者に風の状態を見せようとしたら、芝が顔にブハッと降りかかって

「うわーっ」と悲鳴をあげたとか。解説者がレポーターの長嶋さんに「いまどちらにおられるんですか?」って聞いたら、長嶋さんが「う～ん、私もわからないんです～」って答えたとか。もう最高だよな。やっぱり長嶋さんは国民栄誉賞にふさわしいキャラクターなんだよな。

これからは売れない芸人が「DJポリス」を目指す

ちょっと長嶋さんの話が盛り上がり過ぎちまったね。

だけど、最近のスポーツはどうも盛り上がらない。野球もそうだけど、他のスポーツもしょっぱい話題ばっかりだよな～。W杯出場を決めたサッカーの日本代表も、ヨーロッパや南米の強豪にはボコボコにやられ続けてる。

この国がスポーツで一流になるには、何かひとつの種目に人材を集中投下するしかないんじゃないか。

サッカーといえば、選手より有名になったのが「DJポリス」ってお巡りさんだよな。W杯出場決定当日に渋谷に集まってた若いヤツラの大騒ぎを、見事なアナウンスで収拾したっていうんで警視総監賞までもらったっていうんだけどさ。

「みなさんも私たちも12番目の選手。ルールとマナーを守ってください」

「怖い顔をしたお巡りさんも、心の中ではW杯出場を喜んでいます」

なんて、けっこう気の利いたアナウンスをしたらしいんだけどね。

この「DJポリス」のお巡りさん、これからが大変だよ。これからサッカーの試合やらイベントがあるたびに毎回駆り出されてさ。

「あれが噂のDJポリスよ」

「おい、何か面白いこと言え！」

なんて注目される中で、メガホン持ってしゃべらなきゃならなくなるんでね。

それで面白いことが言えないと、

「つまんねーの！」

「この一発屋！」

とヤジが飛び始めるというね。そのうち、「2代目スギちゃん」なんて呼ばれたりしてさ。芸能界のみならず、警察官の世界にも「一発屋」が出現するというオチなんだよ。

だけどまァ、ＤＪポリスはしばらく人気者なんだろうな。そのうちこのお巡りさん見たさに人だかりができたりして。群衆を取り締まるはずの人間が、逆にパニックを作り出してるってんじゃゃ、笑うに笑えないってオチなんでさ。それじゃあ本末転倒だよ。

売れない芸人は、警察官に転職して２代目ＤＪポリスを目指したほうがいいんじゃないの。プロなんだから、さすがに警察官よりは面白いことが言えるだろってね。収入が安定しているうえに、みんなの前でネタが披露できるんだから、これほど美味しい商売はないだろうよ。他に渦中の人物といえば、清水健太郎には笑わせられたよな。こないだのクスリでの逮捕は「３年ぶり７度目」だって？ お前はどこの甲子園常連校だってーの（笑い）。オリンピックより多い頻度でパクられちゃ、もう終わりだよね。今度は捕まらないように、脱法ハーブに手を出して救急搬送されたってのがまた情けないよ。

三浦雄一郎さんの快挙は、普通のジジイには迷惑千万

高齢化社会が進むニッポン社会を元気にさせたと言われているのが、冒険家の三浦雄一郎さんが人類初の「80歳エベレスト登頂」を達成したっていうニュースだよな。

でもさ、こういうことがあるとニッポン人はいつも「勇気をもらった」「感動をありがとう」って言うんだけど、これって本音かな。

もしかしたら70代、80代のジイサンの中には、この快挙を「余計なことをしてくれた」って思ってる人が多いんじゃないか。

「三浦さんはあんなに頑張っているのに、何でオジイチャンはそんなにヨボヨボしてるの！」

「三浦さんを見習ってもっと体を動かしなさいよ！」

なんて家族の冷たい視線に耐えてる老人もいるんじゃないかってね。『週刊ポスト』みたく、「60代になってもセックス」っていうのは大歓迎だけど、年寄りになってまで「夢や目標を持て」「アクティブであれ」なんて言われちゃかなわないだろってさ。ある意味、これほど生きにくい世の中はないぜってての。

気をつけたほうがいいぜ。老人が余りに余って年金もパンクしそうなこの国のことだから、この三浦さんの頑張りをそのうち悪用し始めるんじゃないか。

「70歳を超えたら一度はエベレストに」なんてキャンペーンを始めてさ。しまいにゃ

「エベレスト登頂に成功しなきゃ年金は支給しない」なんて制度を作ったりして。

山のてっぺんに役所の特別出張所があって、そこで年金手帳にスタンプもらわないと、カネが支払われないという仕組みでさ。登頂に失敗すりゃ当然年金はもらえないし、成功したってその後の寿命にかかわるんでね。要はていのいい「口減らし」ってことなんだよ。

老人にとっちゃ行くも地獄、残るも地獄だぜ。家族からは「オジイチャン、いつになったら登るの？」って冷たくプレッシャーをかけられてさ。行ったが最後、帰って来られるかどうかすらわからないというね。

下山は歩きだと大変だろうから、温情措置でスキー板を履いての直滑降を許可するとかさ。バカヤロー、絶対死ぬぞって（笑い）。登山道の周りは、くたばったニッポンの老人たちで死屍累々、エベレスト登山は「平成の楢山節考《ならやまぶしこう》」になっちまうというオチなんだっての！　ジャン、ジャン、ジャン！

爆笑トーク特別編①

衝撃！ オイラの東京五輪開会式プラン

２０１３年最大のニュースといえば、マドリッド、イスタンブールをおさえて２０２０年の東京オリンピック開催が決まったことだろう。一部報道では「開会式の演出の有力候補」とも噂される我らが世界のキタノは、実は招致決定直後に仰天の「開会式プラン」を明かしていた！

――カントク、とうとう東京にオリンピックがやってきます！

たけし（以下、「　」内はすべてたけし）「何が〝やってきます〟だ、バカヤロー。まだ7年も先の話じゃねェかよ。みんな気が早すぎるってんだよな。こないだも吉原のソープ嬢が〝これで7年後はボロ儲け〟って喜んでるって話を聞いたけど、バカヤロー、その時の自分の歳を考えてみろっての。

だけど東京の招致活動はうまくやったよな〜。フタを開けてみりゃ、マドリッド、イスタンブールに大差をつけての圧勝じゃないかよ。滝クリ（滝川クリステル）が何か〝お・も・て・な・し〟をしてくれるってエロい雰囲気でしゃべってたから、期待に股間を膨らませたジイサン委員たちがこぞって投票したんじゃないの」

――いきなり下ネタですか！　プレゼンでは福島原発の安全性が疑問視されていたので、正直厳しいかと思われましたが。

「だけど、いくらなんだって〝東京と福島は250キロ離れてるから大丈夫〟って言いぐさはないだろうよ。それじゃあ福島の人たちにあまりに失礼だろって」

――確かに被災者の気持ちを考えると複雑です。ですが、東京は早くも「オリンピックバブル」に沸いています。株価は急上昇、国立競技場建て替えなど「建設ラッシュ」もまもなく始まる見込みです。

「実は東京五輪の意外な〝被害者〟が、オイラが世田谷のマンションに格安家賃で住まわせてる4人の弟子たちなんだよ。オリンピックで不動産の価値が上がりそうだから、あのマンション売っちゃおうかって話になってさ。それで弟子たちに〝お前ら早く出ていけバカヤロー〟って言ったら、アイツら青ざめてた（笑い）。

まァ、弟子たちのことは笑い話にしても、せっかく景気が良くなるんならオイラもちょこっとは儲けさせてもらわないと困るよ。なんせ前の東京五輪じゃオイラはヒドい目に遭ってるんだから」

――1964年の東京五輪？　何があったんですか？

「もう最悪だったぜ。当時オイラは10代のガキで、ご存じのとおり足立区に住んでいてね。どうしようもないくらいビンボーだったわけだよ。で、ちょうどその頃東京五輪に合わせて環七（環状七号線）道路の建設計画が持ち上がってさ。そしたらある日、父ちゃんが区会議員か何かから〝オイラの家も建設予定地に入ってる〟って聞いてきたんだよ。それで父ちゃん、もう浮かれちまってさ。〝こりゃあ補償金が凄いことになる〟〝これでもう働かなくても大丈夫〟〝一生遊んで暮らせる〟って、その日からもう毎晩ドンチャン騒ぎだよ。で、家にも帰らず稼いだカネをみ〜んな飲んじまったの。なのにいざ工事が始まると、道路はオイラの家の2メートル隣だったというね」

――完全にアテが外れた（笑い）。

「ウチの向かいあたりに住んでた、環七が通るところのヤツラは、みんな補償金で大金持ちになっちまってさ。で、一方のオイラの家は、環七の工事が始まってホコリが凄くて洗濯物は真っ黒になるわ、オイラたちの咳が止まらないわ、父ちゃんはやっぱりヤケで飲みまくって家はさらにビンボーになるわでさ。もうヒドい目にあったよ。当時のことを思い出しながら〝あの頃は良かった。夢と希望にあふれていた〟なんて言うヤツがいるけどとんでもないよ。オイラにとっては、とんだ『三丁目の夕日』だったってオチなんだってての」

――それでも東京五輪が開催された時は盛り上がったでしょ？

「ゼンゼンだよ、バカヤロー。高校の時、学校の先生に引率されてムリヤリ観に行かされたのが、インド対パキスタンのホッケーの試合でさ。観客席はオイラたち学生服の一団以外はガラガラだったね。ターバン巻いた選手が大腿骨みたいなスティック持ってヤーヤーやってるのを、チンプンカンプンで見てた記憶しかない。友達とフザケてたら、〝マジメに観てろ！〟って先生にどやされたな」

――ですが、2020年の東京五輪ではたけしカントクに何らかのオファーが来る可能性大じゃないですか！　スポーツ紙などでは「たけし東京五輪開会式演出！」という記事も出ています。そうなれば前回五輪の〝倍返し〟の大もうけです！

「何が倍返しだコノヤロー、調子いいこと言いやがって。まァ、北京五輪では『初恋のきた道』『HERO』のチャン・イーモウ、ロンドン五輪では『トレインスポッティング』『スラムドッグ$ミリオネア』のダニー・ボイルと、開催国の映画監督が開会式を演出する例が続いたからね。オイラも雑誌の連載やテレビで〝次はオイラがやるんじゃねェの〟なんてネタにしてたから、そんな話になっちゃったんだよな。だけど7年後にはオイラも73歳だぜ。まァ、正直面倒くさいし、撮りたい映画も撮れなくなっちまうんで、御免こうむりたいところだよ」

――他に、蜷川幸雄氏や浅利慶太氏の名前を挙げる人もいるようです。

「こういうイベントがあると絶対出てくる名前だよな。だけどその頃、名前の挙がった連中はみんな後期高齢者だぜ。もっと若いヤツがやったほうがいいって」

――でも、「たけしプロデュースの開会式を見たい」という国民は相当多いはずですよ。

「本気かってんだよな。だけど、オイラにやらせると大変なことになるぜ。間違いなく、政府や五輪関係者がサーッと青ざめるようなことになっちゃうね」

――おっ、たとえば？

「やっぱり、五輪の開会式ってのは〝現代社会の抱える問題〟ってのを鋭くえぐらなきゃダメだと思ってるからね。とにかくオイラの開会式じゃ、えぐい現実から目を背けない。まずは戦時中の灯火管制で真っ暗なところから開会式をスタートしてさ。それが一気に明るくなったかと思ったら、それはアメリカによるB29の空爆でさ。で、残ったのは焼け野原になった東京でね。そこにわらわらと人が集まってきて、東京タワーができて巨大ビル群もできて、ニッポン人が前を向いて歩き出すんだよ。と思ったら、工場廃水やら排気ガスでぜんそくやらの公害病が発生して……。で、バブルに浮かれた時代、その後の大不況や地下鉄サリン事件も全部再現して、それで今があるというのを見せるんだよ。入場行進は車いすに乗った後期高齢者のジイサンたちがウジャウジャ出てきて高齢化社会を表現、聖火台は〝あの悲劇を忘れるな〟ってことで、原発の形で決まりだぜってね」

――風刺を効かせすぎです！

「ロンドン五輪の開会式だって産業革命からの歴史を再現してただろ。ニッポンだってそういう社会的なのをやってもいいじゃないかってさ」

――ロンドン五輪では、女王が007のジェームズ・ボンドと一緒に出てくる演出にビックリさせられました。

「ニッポンの皇室に同じことをしてもらうのはムリだろうけど、安倍さんあたりには何かやってもらわないと。麻生さんに『ゴッドファーザー』でもやってもらうか」

――ニッポンと関係ないでしょ！

「後は都知事の猪瀬さんに『E．T．』のコスプレをやってもらおう。あの人ほど〝捕まった宇宙人〟の役が似合う人はいないぞ」

――よしなさい！　もう一つ、オリンピックの一大イベントといえば「聖火リレー」です。ギリシアのオリンピアで採火された聖火を、各地をリレーして会場まで届けるという……。

「最終ランナーはテレビ界の人気者、火薬田ドンさん（注・たけし氏が演じる人気キャラ）で決まりだな。ギャラは安くしとくからさ（笑い）。あと、聖火リレーは足立区とか浅草は通らないほうがいいね。聖火が盗まれちゃうかもしれないぞ」

――そんなバカな！

「いや、あり得るぞ。突然、足立区を走ってた聖火ランナーが行方不明になっちゃってさ。で、どこに行ったんだって大騒ぎしてたら、そのうち〝聖火で焼いた焼き鳥屋〟〝聖火で煮込んだモツ屋〟なんて店が、北千住や浅草あたりにポンポンとオープンするというさ（笑い）」

――自分の故郷を貶めてどうするんですか！　そういえば今回の東京五輪は「コンパクトな大会」を謳っていて、ほとんどの会場がベイエリアに集中しています。足立区が得る恩恵は少なそうですね……。

「いつもこういうときは、足立区ばかりが置いてけぼりなんだよな。猪瀬さんは、もっと足立区活性化のためのプランを考えなさいっての！」

「ドーピング解禁」で新記録連発？

――開催国としてもうひとつ気になるのがメダルの行方です。「お家芸」のレスリングが正式競技に残ることが決まってホッと一息というところですが、ロンドン五輪では、柔道男子が初めて金メダルゼロに終わるなど、不安要素も多々あります。

「開催国なんだから、なんとかニッポン人がメダルを取れそうな新種目をねじ込みたいところだよな。だけど流鏑馬《やぶさめ》はヨーロッパも強そうだし、将棋・囲碁だって中国・韓国に負けちゃいそうだし、人力車レースをやったって、ニッポン人は初挑戦のウサイン・ボルトにたぶん負けちまうよ。やっぱり一番いいのは〝鵜飼い〟だな。これならニッポンの鵜匠たちが表彰台独占間違いなしだよ。

でもそれよりいいアイデアがあるぜ。東京五輪では〝ドーピング全面解禁〟にするんだよ。オイラそもそも、なんでドーピングがダメなのかがよくわかんない。どこからがドーピングなのかという線引きも曖昧でよくわからないし、体に害があるから使うなって、そんなの選手の勝手じゃないかってさ。逆に科学技術の結晶ってことで、ドーピングで人類がどこまで記録を伸ばせるかが見てみたいよ。100メートル7秒台とか、マラソン1時間20分とかさ」

――そんなルールにしたら、良く効く薬を入手した選手がダンゼン有利になっちゃいます！

「だったら〝ドーピングに使用できる薬品は、選手の自国で研究・開発されたものに限る〟っていう規則を作っちゃえばいい。自国の科学技術をフルに利用した国が、金メダル獲得に近づけるということでさ。技術力では世界トップクラスのニッポン人が頑張れば、きっと凄いクスリができるんじゃないかってさ。２０２０年東京五輪は人間が〝次のステージ〟に到達するキッカケになる記念すべき大会なんだっての！　ジャン、ジャン！」

第6章

ニッポンの軽薄ブームに物申す！

「村上春樹」でオイラも100万部突破!?

この人の人気は本当に底が知れないよな。ノーベル文学賞最有力候補と言われながら、また受賞を逃してしまった村上春樹のことだけどさ。新作小説の『色彩を持たない多崎つくると、彼の巡礼の年』も、発売1週間で100万部突破したというし、これだけ売れるってのはもの凄いよ。

前回の『1Q84』の時は、オイラもおこぼれにあずかろうってんで、そっくりのデザインで『1084』って漫才本を出したんだけど、全く売れなかった。チクショー、バカが間違って買うと思ったんだけど、甘かった（笑い）。今度も「村止春樹」ってペンネームで、同じような本出してやろうかな。

だけど、これだけ村上春樹、村上春樹って言うヤツラがいる一方で、他の作家の本がまるで売れないのはどういうことなんだろ。大江健三郎を読んでるなんてヤツは、今はほとんどいないだろ。やっぱり大江やらより村上のほうが「とっつきやすい」んだろうな。とっつきやすいけど、文学の雰囲気ってのは何となく味わえるということでね。若いオネエチャンがいかにも好きそうだし、それが大ヒットの理由なんだろうね。だけど、これだけ売れりゃ出版社も村上春樹のヨイショをするしかないよな。辛辣な批評でもして自分のトコで書いてもらえなくなっちゃ、オオゴトなんでさ。どこの出版社でも「あわよくばウチも」なんて思ってるわけで、もうどこからも悪口なんて出てこないわけだよ。

だけど、売れるもの、強いものには必ず「アンチ」がいるわけで、村上春樹の悪口を聞きたいって人はホントはそうとう多いはずだぜ。『週刊ポスト』あたりでも悪口書いてみたらいいのにさ。『ポスト』の記者のアンチャンがいくら頼んだって、「女性器」とか「TENGA」とかやってるんだから、お上品な村上センセイは書いてくれないぞ。悪口言えないんだったら、オイラが代わりにガンガン言ってやろうか（笑い）。

「国民的小説」「国民的ドラマ」なんて大騒ぎするのはいいけど、そうなると批判的な声はこの国じゃまったくなくなっちゃう。「売れたものは叩けないファシズム」ってのが、この国にはあるってことだよな。

『半沢直樹』って現代版の『水戸黄門』じゃないか

「国民的ドラマ」といえば、今年はＮＨＫの朝ドラの『あまちゃん』と、『半沢直樹』（ＴＢＳ系）が大流行だったよな。とくに『半沢』のほうは、最終回の平均視聴率がなんと40％を軽々超えちまったんだって。主人公の半沢は銀行員で、「倍返しだ！」って決めゼリフで悪徳上司をやっつけるのがスカッと痛快なんだってね。

よくよく考えると、それって時代劇のストーリーに似てるよね。ＴＢＳの看板だった『水戸黄門』もそうだけど、物語の序盤で悪党にサンザン好き放題やらせておいて、後半で大逆転して「正義は勝つ」となるわけだからさ。『半沢直樹』の「倍返しだ！」は、『水戸黄門』の「この紋所が目に入らぬか！」と同じだってことだよな。まァ、ホントに水戸黄門ってヤローは酷いヤツでさ。番組が始まってからラストまで、町人がいじめられても町娘がさらわれてもずっと悪いヤツラを泳がしやがってさ。印籠出しゃ解決するのがわかってるんだったら最初から出しやがれって思うんだけどね（笑い）。

だから、もしＴＢＳが『水戸黄門』を現代社会を痛烈に批判するドラマにすれば、結構受けるんじゃないかって気がするね。そもそも、まだまだ黄門様を観たいっていうジイサンバアサンはたくさんいるはずだしさ。

そこで新シリーズは『徘徊老人・水戸黄門』として生まれ変わるってのはどう？ 毎晩、夜になると黄門様が勝手にフラフラ歩き回りだして、助さん・格さんが必死に探し回るというね。「このあたりで、うちのご老公を見ませんでしたか？ そうです、黄色い頭巾と汚いヒゲのジジイです」なんちゃってさ。

黄門様の方ももう丸きりボケちゃって、だれかれ構わず「ワシは副将軍じゃ！」「この印籠が目に入らぬか！」って町中にちょっかいかけまくった末に、町娘に「ハイ、ハイ、おじいちゃん偉いでちゅね〜」ってぞんざいに扱われてさ。オレオレ詐欺に引っかかったり、ひったくりされたりサンザンな目に遭って、しまいにゃ、岡っ引きに保護されちまうの（笑い）。首から提げた印籠はもうなんのご威光もないんだけど、中身をカパッと開けると、住所と連絡先の書いた紙切れが出てくるというオチなんでさ。

もうひとつのプランとしては「世界漫遊記」があるな。水戸黄門といえば徳川光圀の諸国漫遊が元ネタな訳だけど、この際ニッポンだけじゃなくて、ホントに世界各国を漫遊させるっていうのもアリじゃないかってね。

まずはニッポンと周辺国がドンパチやってる場所から世直しを始めてもらおうぜ。まずは尖閣諸島、そして北方領土に渡ってもらって、あたりをウロウロしている中国人やロシア人を、葵の御紋の力でガンガン追っ払うというさ。副将軍であらせられる黄門様のご威光が、一体どこまで通用するのか試してほしいぜ。

ニッポン付近の世直しが完了したら、今度は太平洋を渡ってアメリカに行ってもらおうぜ。黄門様がロサンゼルスあたりで、「頭が高い！」って印籠を出したのはいいけど、アメリカ人は日本語なんてわかりゃしないんで、「ホワッツ？」なんて言われて銃で撃たれて終わりというオチでね。アメリカに行くときにはこれまでの助さん・格さんを解雇して、英語のできるデーブ・スペクターとケント・デリカットでも雇ったほうがいいぜっての。

アメリカでなく、ヨーロッパに渡ったとしても前途は多難だよ。鼻息荒く「徳川家の副将軍にあらせられるぞ！」って言ったたって、「メディチ家より偉いのか？」「ハプスブルク家なら知ってるけど」なんてゼンゼン相手にされなかったりしてさ。

まァ、これまで印籠頼みだった黄門様が、印籠が効かない場所でどう振る舞うか、そこに真価が問われるってことなんだよ。

世界漫遊編じゃ、もちろん入浴シーンもワールドワイドだよ。アメリカやヨーロッパに行くのに、風呂に入ってるのが由美かおるってわけにはいかないだろ。アメリカ編じゃキャメロン・ディアスにレディー・ガガ、ヨーロッパ編じゃソフィー・マルソーあたりと、ご当地のセックスシンボルにひと肌脱いでもらおうじゃないかってね。

その路線でいけば、ゴールデンタイムの水戸黄門・第一部とは別に、お色気タップリの深夜の第二部「エロ黄門」も始めりゃいいんじゃないか。

由美かおるが入浴してると、「ワシの背中も流しておくれ」と黄門様が乱入したり、風車の弥七が天井から夫婦の寝床を覗きまくったり、八兵衛が女の着替えてるところにうっかり出くわしちゃったりというお色気シーンが毎回ドンドン出てきてさ。最後は加藤鷹扮する助さんが超絶テクニックでスケコマシするというオチなんだよ。

古き良き『水戸黄門』が大好きだというオールドファンのための企画もあるぜ。東野英治郎、西村晃、佐野浅夫、石坂浩二、里見浩太朗と、これまで5人いた水戸黄門のうち誰が一番強いかをガチンコ対決で決めるってのはどうだい？　東野さんと西村さんはもうとっくに死んじゃってるんで失格として、佐野、石坂、里見の3人で、刀を持たせてデスマッチというさ。「ワシの時の方が視聴率がよかったぞ！」「お前のシリーズはすぐ打ち切りになったくせに！」「このニセモノ！」と、恥も外聞もない泥仕合が始まるというね。

この際、他の時代劇のスターたちと、どっちが強いか闘わせるってのもいいぜ。「子連れ狼」に「木枯し紋次郎」、「遠山の金さん」に「暴れん坊将軍」と全員集合して、誰が一番強いか対決させるとか。

一番注目の対決は「水戸黄門」対「座頭市」だな。

水戸黄門が「この印籠が目に入らぬか！」ってやっても、相手が座頭市じゃ、「見えねェよ、バカヤロウ！」ってズバッと斬られちゃうというさ（笑い）。天下の黄門様も、印籠が見えなきゃタダの人なんだってての！

プロ棋士ってのはコンピュータ並みの天才だ

2013年は、将棋の世界で「人間対コンピュータ」が盛り上がっていたね。コンピュータと棋士が対決する「電王戦」で、プロ棋士がコンピュータに負けちゃってさ。コンピュータの進化はもの凄い勢いらしいんで、そのうち人間は太刀打ちできなくなっちまうんじゃないか。

オイラも、ガキの頃から将棋は大好きでさ。近所で友達とよく指してたんだよな。プロともたまに指す機会があってさ。こないだなんて、「神武以来の天才」と言われた元名人の加藤一二三さんに勝ったんだぜ。まァ、「六枚落とし」だけどな（笑い）。どういうことかっていうと、つまり加藤さんには飛車・角・香車2枚・桂馬2枚の計6枚を抜いてもらって対局したんだよな。さすがにそりゃ負けられないだろってオイラも必死でやって、やっとこさ勝たせてもらったんだよ。笑ったよな。

あと、羽生善治さんともやったぜ。

そのときは「到底勝ち目がないから、こっちの駒を好きなように並べさせてくれ」って条件でやったんだよ。で、オイラの玉将を一番端（香車の位置）に置いて、周りを金や銀でぎっしり囲んだの。「絶対攻めてこられないように」ってつもりだったんだけど、これもあっという間に負けたね。

羽生さんに言わせると、一般的な最初の並べ方が一番バランスがいいんだって。オイラみたいに端っこに固まったら、外から桂馬や角なんかで突っつかれたら、動けないまま終わっちゃう。そんなことも分からないままイチバン強い人とやったんだから、もうバカ丸出しなんでさ。しょうがねェから、もう1回、もう1回っていろいろやらせてもらったけど、どうしようもなかったね。

あのレベルの人たちは、もう人間業とは思えないよな。オイラとの一局どころか、何年も昔の対戦の棋譜だって、一手目からぜんぶ覚えてるんだからさ。対局後に、オイラが「ええと次はどこに指したんだっけ」なんて言ってると、羽生さんが、「ええと、まずここに打って、次はここで、次は……」って全部解説してくれるというさ。もうビデオカメラみたいな頭をしてるんだよ。

やっぱり「才能」が違うよね。オイラがガキの頃、小学校のときにけっこう将棋の強い子がいて、「将来はプロ棋士になりたい」なんて言ってたけど、その前段階の奨励会にすら入れなかったもんな。甲子園に出たからってプロ野球選手になれるわけじゃないように、プロってのはなんだって「ケタ違い」なんでね。

そう考えると、オイラも加藤さんや羽生さんの強さをどれくらいわかったかってのも疑問だよな。もしかしたら、あれでも手加減してくれてたのかもしれないしね。

将棋のプロのところには、どんな大政治家でも大会社の社長でも、ヘコヘコ頭を下げて習いにくるわけだからね。プロだってそういう人たちを大事にしなきゃいけないから、やろうと思えば2、3分ですぐケリがついちゃうのを、「うーん」とうなったりして、わざと引き延ばしてるらしいからさ。ある棋士は「相手を盛り上げなきゃいけないから、そっちのほうが大変ですよ」って言ってたよ。

そんな大天才でも、もしかしたらコンピュータに負けちゃうかもしれない時代だってんだから、科学技術の進歩ってのには驚くしかないんだけどさ。

オイラのイカサマ雀士時代を白状するぜ

こうなってくると、意外と人間にとっての最後の砦は「麻雀」かもしれないぞ。あのゲームでは配牌にしても引きにしても、運の占める要素が大きいんでね。天和（テンホー）なんて、配られた段階で上がってるって役満もあるくらいなんでさ。配牌がバラバラだったら、確率論で頑張ってももうお手上げだってね。

だけど実はオイラ、運に左右されるような麻雀はあんまりやったことがないんだよ。

芸人になる前、フラフラしていたとき、結構雀荘で打っていてね。

ジャズ喫茶で知り合った仲間とつるんで、高田馬場あたりの雀荘で学生相手にフリーで打ってたんだよ。その仲間ってのがイカサマ雀士でさ。そいつの高円寺だか阿佐ヶ谷だかの下宿にいって、布団の上に麻雀牌敷いてイカサマのやり方を全部教わったんだよな。で、そいつと2人1組でつるんで、稼ぎまくったわけ。

「学校」に関わる言葉が「萬子《マンズ》」の合図とか決めてさ。いわゆるサインプレーだよな。もう負け知らずでさ。毎日ジャンジャン宴会できたぐらいだったね。

こないだ、BSフジの『等々力ベース』の企画で、プロ雀士をオイラたち素人3人で囲んで、その3人の間では隠語のサインプレーでやりとりしていいってルールでやったんだけど、圧勝だったよ。やっぱり、麻雀はつるんでやられたらどんなに上手いヤツでも絶対勝てないね。

だけど、唯一例外があったね。浅草の演芸場で、まだ売れてない頃、よく楽屋で麻雀をやってたんだけどさ。で、そこで最強だったのが手品師（笑い）。何十回やってもそいつが勝つもんだから、みんな頭にきて「チクショー、お前イカサマ手品やってやがるな」って話になってさ。

それで利き手じゃないほうの左手をひもで体にぐるぐるに縛って「もうこれで悪さできねェだろ」ってまた始めたんだけど、それでも勝つんだよな。だからさらに右手もひもでぐるぐる巻きにして、親指と人差し指しか動かせないようにしたんだけど、やっぱりそれでも勝つんだよ。ふざけんなコノヤローって口も猿ぐつわみたいにして塞いで、足もひもで縛ってやったんだけど、それでもまた勝っちゃうというさ。

どうやら、その手品師は牌の竹の目を細かいところまで全部覚えたんだよな。それじゃあ勝てないはずだぜってね。

そいつとポーカーやっても酷い目にあったよ。手品師のトランプには、もの凄く小さい目印がついてて、オイラにはわからないけど、プロには全部カードがどれだかわかるんだよな。

オイラ、そいつの「2のワンペア」（一番弱い役）に負けたこともある。手品師相手にポーカーやるってのは自殺行為だぜってね。手品師には「コノヤロー、お前それだけの根性と腕があったら芸のほうをもうちょっと真剣にやれっての」って言ったんだけどさ。「イカサマは儲かるけど、芸じゃ儲からない」だって。じゃあお前、なんでここにいるんだよって。こんなヤクザな20代を送ったオイラが、今じゃアジア文化交流で安倍首相に意見したりしてる（笑い）。この国はそんなことでいいんだろうかってね。

吉原ソープ街はゆるキャラ「ヨッシー」を送り出せ

まァ、将棋や麻雀ってのは奥深いんで、ハマる人間が多いってのはよくわかるんだけど、「ゆるキャラ」にハマる人が多いってのは理解できないよな。

熊本県の「くまモン」の商品売り上げが300億円突破したり、船橋市の「ふなっしー」ってのが市の公認ももらえずに独自で活動して大人気だったり、世の中ゆるキャラであふれてるわけだけどさ。

オイラの地元の足立区のゆるキャラはいないのかな？　もしいないんだったら、オイラが代わりにかぶり物をしてゆるキャラをやってやるから、ギャラをくれっていうんだよな。

名前は「あだチック」で決まりだよ。「ダンカンバカヤロー、ダンカンバカヤロー」って連呼しながら首をクイックイッひねりまくるというさ。えっ、いつものオイラそのままだって？　バカヤロー、人気爆発間違いなしだってての。

浅草のゆるキャラは「ヒロポンちゃん」に決定！　いいんだよ、バカヤロー。戦後のあの町の芸人はみんなヒロポン中毒だったんだから。注射器みたいな体に、「雷門」ってロゴを入れてさ。

吉原ソープ街のゆるキャラは「ヨッシー」だな。

名前はヒネリがないけど、キャラは立ってるぞ。花魁のカッコしてスケベイス持って、「勃ってヨッシー、寝てヨッシー」と叫びながら大暴れというね。

全国の他のソープ街もぜひ対抗してほしいね。

川崎・堀之内のゆるキャラは「ホラレちゃん」だろ。キャラもゆるけりゃ、アッチのほうもゆるいというね。札幌・すすきのは「マットちゃん」、福岡・中洲のゆるキャラは「イカスくん」なんちゃってさ。

とてもじゃないけど放送できねェってことで、みんなテレビにはモザイク入れて登場というね。姿が見たいヤツは、ぜひ現地までヌキに来てくれって話でさ。スケベなオッサンたちが「ゆるキャラが見たくて」なんて言い訳して、みんなホイホイ出かけていっちゃうってオチなんだっての！　ジャン、ジャン！

爆笑トーク特別編②

「AVネーミング大賞」歴代ナンバーワンを大発表！

「世界のキタノ」として世界中からリスペクトされるビートたけし氏が、『週刊ポスト』でコッソリ続けているのがこの名物企画。政治はデタラメ、景気もイマイチ……。何だかパッとしない世の中だが、18禁の世界では、思わず赤面&爆笑してしまうAVタイトルが続々誕生している。今回は、その歴代ナンバーワン作品を決定する！

――たけし監督、久しぶりに「AVネーミング大賞」が帰って参りました！

たけし（以下、「　」内はすべてたけし）「何が〝帰って参りました〟だ。お前は横井庄一さんか、バカヤロー！　いつもいつもこんなバカバカしい企画に付き合わせやがって。自分で言いたかないけど、オイラはベネチア国際映画祭にスタンディングオベーシヨンで迎えられた『世界のキタノ』だよ。それがこんな下品な企画を続けてるとあっちゃ、世界中のファンに顔向けできないぜっての」

――それって本心ですか？　今でもお弟子さんたちに命じて、コッソリ大量のＡＶやＴＥＮＧＡを差し入れさせているという情報を『週刊ポスト』芸能班は入手しております。

「うるせェバカヤロー、オイラももう66だよ。さすがにエロネタはカンベンしてくれって……。（と言いつつ、目の前のテーブルに広げられたＡＶの山をチラリ）おッ、このオネエチャンはなかなかソソる体してやがるな」

――ほら、やっぱり食いついてきた（笑い）。さァ、それでは始めましょう！　今回は単行本特別企画といたしまして、これまでノミネートされた過去の名作と、新規ノミネート作品をあわせて、「歴代ナンバーワン作品」を決めてしまおうという特別編です！

「２０１３年は、流行語が大豊作だったからな。きっと『半沢直樹』ならぬ『半勃ち直樹』とか、『あまちゃん』ならぬ『ナマちゃん』とか、『風立ちぬ』ならぬ『カリ勃ちぬ』とか、『イクなら今でしょ！』とか、の新作が出てきてるんじゃないの？」

――さすがに最新作は、この本の締め切りには間に合いませんでした。たけし監督の想

像通りの作品は、きっと今頃どこかのAVメーカーが撮影してそうですけどね。それではまず、名作がズラリそろった邦画タイトル編から参りましょう！　国民的作品へのオマージュ『オ×コはつらいよ　葛飾区編』をはじめ、バラエティに富んだラインナップとなっております。

「『20センチ少年』ってのには笑ったな〜。元ネタは『20世紀少年』か。ビッグな股間を武器に、全世界に〝ヤリともだち〟の輪を広げようってのかね。ニッポン人の平均は13センチだってのに、ずいぶん生意気なガキだよな。一方で、『前戯なき戦い』ってのは緊張感漂う作品だね。股間のチャカをいきなりぶっ放す非情な戦いが繰り広げられるんだろうな。『前戯なき戦い　広島シロウト編』に『前戯なき戦い　絶頂作戦』とドンドン続編も出してほしいところだよ」

――このジャンルで新たにノミネートされたのは『セーラー服と一晩中』です。

「それって犯罪だろ！　だけどまァ、なかなかの秀作だね。〝こ〜のまま〜何時間でも〜抱いていたいけど〜〟って思うような美人女子校生が、最後に〝カ・イ・カ・ン！〟ってつぶやくんじゃないだろうな（笑い）。主演女優はイクと締まりがよくなるイクシマルひろこさんに決定！」

――怒られますよ！　邦画の中でも、特に粒ぞろいなのがスタジオジブリもの。『天空の塔ドピュタ』、『マゾの宅急便』など、ネーミング大賞の黎明期を彩った名作がたくさんあります。

「いいね〜、特に『しものけ姫』ってのは侘び寂びすら感じさせる傑作だよ。しかし『ゲロ戦記』ってのは汚すぎるぞ！　もはやエロかどうかすらもわかんないしさ。だけど、なんで宮崎アニメってのはエロとこんなに相性がいいのかね。オイラも『股の下のポニョ』なんていってずいぶんネタにさせてもらったもんな」

――「風の谷のナニシタ」というフーゾク店も存在しましたし、エロ同人誌界には「スタジオズブリ」という有名レーベルもあるようです。このレーベルの代表作は『事をすませば』。

「『耳をすませば』だよ、バカヤロー。ちょっとうまいけど（笑い）。宮崎駿さんに怒られるぞ！　それじゃあ、『千と千尋の金隠し』ってのはないの？」

――さすがにそれはないようです（笑い）。そういえば、北野武監督作品のパロディも

多いですね。『この女、淫乱につき』に『亀頭市』。

「う〜ん、イマイチだな。集客力はともかくパロディで宮崎アニメに負けるのは許せないね。せっかくなら監督のオイラを爆笑させるぐらいのネタを考えてくれないと」

——じゃあ、『アキレスと亀頭』に『穴BROTHER』はどうですか？

「……。バカヤロー！　どこの世界に、自分の作品をエロネタにされて褒めるヤツがいるんだっての！　だけど、アンチャンのネーミングセンスもまだまだだな。編集者ならもっとタイトル力を鍛えなさいっての！」

「勃て、勃つんだニョー！」

——さァ、次に参りましょう。「洋画編」も邦画に負けじと名作揃いです。

「だけど『パイパニック』に『ファックドラフト』ってのはあまりにベタだね。どうせ『パイパニック』は、股間のデカプリオくんが大暴れするってんだろ。おっ、『今そこにある乳』ってのはなかなかセンスいいね。もうすぐにでもむしゃぶりつきたくてたまんない感じが出てる。『不思議の国のアヌス』も想像力をかき立ててるね。新規ノミネートにはどんなのがあるの？」

——早漏やEDに悩む男性たち必見の『速攻ヤローBチーク』に『ミッション・イン・ポッシャブル』ですとか、新作映画をパロッた『カタークナイト　ライイジング』に『ハメンジャーズ』なんてのもあります。

「元ネタは『ダークナイトライジング』に『アベンジャーズ』か。わかりにくいってのの！　同じくアメコミ系では『ドバットマン』『アーンイヤーンマン』ってのもあるね。う〜ん、及第点はあげられないな」

——そして、巨大ホオジロザメが襲ってくる、あの不朽の名作パニック映画も……。

「出ました、『床《とこ》ジョーズ』！　煽りの文句は〝ヤツの獲物は、新鮮なピチピチ女だけ〟〝全世界を興奮の渦に巻き込んで、巨大なイチモツがやってくる〟だって？　バカヤロー、くだらなすぎて『笑点』の山田クンでも座布団くれないぞ」

——もう一つ、『ロビン・フッド』のパロディもあります。

「それにしても『ロビン・フットぃ』はないだろ（笑い）。サブタイトルは〝そのイキ様は、まさに伝説〟だって。イギリスから国家侮辱罪で訴えられるぞ！」

――ページが足りなくなるんでドンドン行きましょう。今度はテレビ番組編です。

「『それいけ！　パイパンマン』ってのは子供よりオッサンに人気が出そうだな。アンパンマンの顔と同じでツルツルしてそうだね。だけどこれ、亡くなったやなせたかしさんに顔向けできないだろ……。『便器が出るテレビ』？　コノヤロー、オイラの番組パクリやがって。『大人の日曜劇場　みて肛門』も下品だな～。決めゼリフは〝この菊の紋所が目に入らぬか！〟というね。もっこり八兵衛も活躍するに違いないね」

――このジャンルには、松嶋菜々子主演で視聴率40％超えを記録したあの名作ドラマもノミネート。

「『家政婦の股《マタ》』！　どうせ家政婦役のオネエチャンが、ご主人様の卑猥なお願いに〝承知しました〟って何でも応えてくれるんだろ」

――バレましたか（笑い）。ご長寿番組のパロディも多いですね。『世界の射精から』という作品は、心穏やかな絶頂を迎えられそう。

「『女熱大陸』ってのは、きっとAV女優を〝密着撮影〟するドキュメンタリーなんだろうね。『ガキの腰使いやあらへんで』には、大晦日の特別編『絶対に勃起してはいけないシリーズ』なんてのがあるんじゃないの。『イジられバアさん』ってのも、高齢化社会のセックスを示唆した問題作だな」

——前立腺、じゃなかった涙腺が思わずゆるんできそうです。

「待ってました！『あしたのニョー』（爆笑）。オイラ、歴代作品の中でこれが一番好きかもしれない。単純なんだけど、深みがある。もう見なくたってあの名シーンが浮かんでくるよ。『勃て、勃つんだニョー！』ってさ。そして最後には、灰のように真っ白なアレが出ちまったというオチだな」

——往年の名作アニメからもノミネートです。

栄光の大賞がついに決定！

——時代を映す鏡であるベストセラーからも趣のあるタイトルが多数登場しています。

「『限りなく透明に近いブルセラ』なんてのは、もはや哲学すら感じさせるね。あのノーベル賞有力候補の名作『1Q84』（イクワヨ）とか、政治家に転身したペログリ作家の『なんとなくクリトリス』なんてのはないの？」

――ありません！　ベストセラーものではほかに『さおだけ屋はなぜ潰れないのか？』から着想を得た『サオだけではなぜ満足しないのか？』があります。

「女性の快楽の本質を追究する名作だって？　バカバカしいな、これ。ベストセラーが減ってるからか、新作ノミネートがないのが寂しいね。阿川佐和子さんの『聞く力』ならぬ『ヌク力』とか、オイラの『間抜けの構造』ならぬ『マ●毛の構造』とか、考えりゃいろいろ出てきそうなのにな。『マスかきはディナーのあとで』とか、『股間を整える。』なんてのもいいと思うね」

――正しくは『謎解きはディナーのあとで』に『心を整える。』です！

「おっ、ヒット曲やCMには優秀作がたくさんあるね。『放尿だよ、おっかさん』はやっぱりいいな～。泣けてくるね。『部屋と猥褻と私』ってのは平松愛理の『部屋とYシャツと私』が元ネタか。もうフランス映画のタイトルのような格調を感じさせるね。『ほのぼのレイプ』もいいな～。だけど、これはグレーゾーンどころかもはや完全にアウトだろ（笑い）」

――世相を反映した作品も数多く生まれています。小泉内閣時代には『性域なきモザイ

ク改革』、マニフェスト政治がもてはやされていた頃には『巨乳マニフェスト』などがノミネート。12人の女性が男性の股間の尺八をくわえる『女子十二尺棒』に、挿入込みのエクササイズを楽しむ『全裸ブートキャンプ』なんてのもありました。

「おいおい、『オナニー狂！ 山本オナ35歳』ってのは外しといてくれよ。山本モナ事件のトラウマが甦るぜ。クソー、モナちゃんが男に手を出さなかったら、ウチの事務所はあんな大変なことにはならなかったのに……」

——はい、気を取り直して次に行きましょう！ 景気よくこれなんていかがですか？「ロトシックス」ならぬ『ロトセックス』。

「何が景気よくだバカヤロー！ セックスをいくらやったって、1億円は当たらないぜっての」

——それではたけし審査委員長、大賞の発表をお願いいたします！

「『あしたのニョー』に決定！ こんな名作が過去にあったんだってことを知らしめて、元気がないニッポンのエロ産業に奮起を促したいね。次回は、これまでを上回る爆笑作が登場することを切に期待するぜっての！ ジャン、ジャン、ジャン！」

栄光の「AVネーミング大賞」ノミネート作品

〈洋画タイトル編〉

●アリー my バイブ　●地獄の黙痴録　●ファックドラフト　●フェラスト・ガンプ ～一股一毛～　●ミス・淫ディ・ジョーンズ　―失われたアクメ―●パイパニック　●今そこにある乳　●不思議の国のアヌス　●アーンイヤーンマン（新作）　●床ジョーズ（新作）　●ロビン・フットぃ（新作）　●速攻ヤローBチーク（新作）　●カタークナイト　ライジング（新作）　●ハメンジャーズ（新作）　●スマター・トレック（新作）　●ミッション・イン・ポッシャブル（新作）　●ドバットマン　●アーンイヤーンマン

〈邦画タイトル編〉

●エロバカ日誌　●前戯なき戦い　●ERO　NOTE　●オ×コはつらいよ　葛飾区編　●人のチンポコを笑うな　●20センチ少年　●しものけ姫　●天空の塔ドピュタ　●マゾの宅急便　●ゲロ戦記　●亀頭市　●この女、淫乱につき（新作）　●セーラー服と一晩中（新作）

〈テレビ番組編〉

●あしたのニョー　●便器が出るテレビ　●イジられバアさん　●世界の射精から　●ガキの腰使いやあらへんで　●しごくせんせい　●ごっくんせんせい　●出没!　中出しック天国　●ハメトーーク　●大人の日曜劇場　みて肛門　●女熱大陸　●全国熟女捜索隊　田舎に泊まろう!　●それいけ!　パイパンマン　●突撃!　隣のマンご飯　●家政婦の股（新作）

〈ヒット曲・ベストセラー・CM編〉

●ほのぼのレイプ　●マンソレータム　●放尿だよ、おっかさん　●限りなく透明に近いブルセラ　●部屋と猥褻と私　●サオだけではなぜ満足しないのか?

〈世相編〉

●女子十二尺棒　●喜ばせ組　●巨乳マニフェスト　●性域なきモザイク改革　●エロバウアー　●ロトセックス　●全裸ブートキャンプ　●オナニー狂!　山本オナ35歳　●シコシコジャパン（新作）

おわりに

みんな「たけしの毒舌はとんでもない」って言うけど、正直な話、これでも昔に比べりゃ、オイラも抑えてるほうだぜ。オイラが「赤信号　みんなで渡れば　怖くない」「気をつけよう、ブスが痴漢を待っている」「寝る前にきちんと絞めよう親の首」なんて言ってた漫才ブームの頃に比べりゃ、正直丸くなったもんだよ。

もし今のオイラの悪口ぐらいのことで「強烈な社会風刺」だって言うんなら、それはどっちかっていうと世間のほうが変わったんだ。もういい加減にしろよってぐらい、規制だらけ、建前だらけになっちゃった。そのうちチビのことは「身長の不自由な人」、デブのことは「体重の不自由な人」、ブスのことは「顔面の不自由な人」って言わなきゃいけなくなりそうな勢いなんでさ。オイラなんて、昔はテレビで「勝ち抜きブス合戦」なんて企画をやってたんだぞ。もう同じニッポンとは思えないよ。一事が万事そうだから、相対的にオイラの本音がキョーレツに聞こえるだけだろってね。

やっぱり悪口とか暴言っていうのは、バランス感覚なんだよ。一応、塀の上のギリギリのところを歩くけど、落ちる方向をちゃんと考えておかなきゃいけない。そうするにはやっぱり「昔の芸」とか「歴史」みたいなものをキチンと踏まえておかなきゃいけないって思うんだ。オイラの今までの芸にしても、よく「たけしは古いものをみんな壊してきた」なんて言うヤツがいるけど、本当はそうじゃなくて、古いものを取り込んで新しい芸を作ってきたと思ってるんだよ。それが「顰蹙の買い方」のコツなんだよな。

まァ、どんなに力んだって人間何百年も生きられやしないんだからさ。オイラはこれからもオイラのやり方で生きていくぜってね。最後は自分の人生をどうプロデュースして楽しんでいくかってことに尽きるんでさ。まァ、オイラの勝負もまだまだこれからなんで、みんなも頑張ってくれよってことかな。ジャン、ジャン！

平成二十五年十一月

ビートたけし

本書は『週刊ポスト』の人気連載「ビートたけしの21世紀毒談」の中から、特に反響の大きかったエピソードを抜粋し、大幅に加筆してまとめたものです。

STAFF

構成／井上雅義

校正／西村亮一
撮影／海野健朗
DTP／ためのり企画
販売／伊藤澄
宣伝／安野宏和
制作／粕谷裕次
編集／山内健太郎

協力／オフィス北野

ビートたけし

1947年東京都足立区生まれ。漫才コンビ「ツービート」で一世を風靡。その後、テレビ、ラジオのほか映画や出版でも才能を発揮し、世界的な名声を得る。97年『HANA－BI』でベネチア国際映画祭金獅子賞、『座頭市』で同映画祭監督賞を受賞。著書に『間抜けの構造』（新潮新書）、『貧格ニッポン新記録』、『カミさんポックリ教宣言』（いずれも小学館101新書）など。

小学館新書 192

ヒンシュクの達人

二〇一三年十二月七日　初版第一刷発行
二〇一三年十二月二四日　第二刷発行

著者　ビートたけし
発行者　粂田昌志
発行所　株式会社小学館
〒一〇一－八〇〇一　東京都千代田区一ツ橋二－三－一
電話　編集：〇三－三二三〇－五九六八
販売：〇三－五二八一－三五五五

装幀　おおうちおさむ
印刷・製本　中央精版印刷株式会社

©Beat Takeshi 2013
Printed in Japan　ISBN 978-4-09-825192-6

造本には十分注意しておりますが、印刷、製本など製造上の不備がございましたら「制作局コールセンター」（フリーダイヤル 0120-336-340）にご連絡ください。

（電話受付は、土・日・祝休日を除く9：30～17：30）

Ⓡ〈公益社団法人日本複製権センター委託出版物〉

本書の全部または一部を無断で複写（コピー）することは、著作権法上の例外を除いて禁じられています。

本書からの複写を希望される場合は、事前に日本複製権センター（JRRC）の許諾を受けてください。

JRRC〈http://www.jrrc.or.jp　e-mail：jrrc_info@jrrc.or.jp　TEL 03-3401-2382〉

本書の電子データ化等の無断複製は著作権法上での例外を除き禁じられています。

代行業者等の第三者による本書の電子的複製も認められておりません。

小学館新書

好評既刊ラインナップ

177
話す力
草野 仁
あいさつから始まって、初対面の人との接し方や苦手な人と話すコツ、謝り方、雑談力…。「話す力」をつける様々な方法を、黒柳徹子氏や松井秀喜氏ら著名人のエピソードを交えて紹介。

178
新史論／書き替えられた古代史 1
「神と鬼のヤマト」誕生
関 裕二
日本書紀にちりばめられたウソを暴く、著者渾身の新史論の第1巻。突如出現した巨大都市・纒向の意味するものとは？ 邪馬台国の滅亡、ヤマト建国…すべての鍵は「鉄」だった！

180
NISAで始める資産運用
目黒陽子
2014年1月からスタートする少額投資非課税制度「NISA」の運用方法や注意点、賢い活用テクニックをフィナンシャルプランナーの著者が、世界で一番わかりやすく解説！

181
勝負論 ウメハラの流儀
梅原大吾
ギネス認定の世界一のプロ・ゲーマーである著者が披露する、勝ち続けるための哲学。「勝ち続けることと、単発の勝利の違い」など、勝ち続け成長し続けるための考え方を全て公開。

182
黒田官兵衛 軍師の極意
加来耕三
信長、秀吉、家康の三英傑の時代を生き抜き、福岡藩黒田家五十二万石の礎を築いた黒田官兵衛。秀吉の天下統一の原動力となった官兵衛の交渉力やバランス感覚を明らかにする。

184
専門家はウソをつく
勝間和代
日本人は「専門家」の話を鵜呑みにしすぎる、と危惧する著者が、優れた専門家の見抜き方を伝授する。どの専門家の意見をとるかで、これからの人生の質や運が大きく変わる！